ro
ro
ro

Von Kathleen Lawless sind außerdem lieferbar:
«Hüllenlos» (rororo 24398)
«Die Liebesranch» (rororo 24518)

Kathleen Lawless

Love Boat

Erotischer Roman

Deutsch von Silke Bremer

Rowohlt Taschenbuch Verlag

Die Originalausgabe erschien 2007
unter dem Titel «Wicked Night Games»
bei POCKET BOOKS, a division of
Simon & Schuster, New York.

Deutsche Erstausgabe
Veröffentlicht im Rowohlt Taschenbuch Verlag,
Reinbek bei Hamburg, Juni 2009

Redaktion Stephan Mayr
Umschlaggestaltung any.way, Cathrin Günther
(Foto: Mauritius 03580575)
Satz Dolly PostScript, InDesign,
bei Pinkuin Satz und Datentechnik, Berlin
Printed in Germany
Druck und Bindung Druckerei C. H. Beck, Nördlingen
ISBN 978 3 499 24964 8

Dank Ganz besonders herzlich möchte ich meiner Kollegin Nancy Warren danken, die sich stets Zeit für unsere großartigen und inspirierenden Schreib-Sessions nimmt.

1

«Du erkennst mich nicht, oder?»

Sloan Hardt schenkte der rothaarigen Schönheit ein besonders verführerisches Lächeln: geneigter Kopf, blauäugiges Interesse und das durchtriebene Komm-wärme-mich-Grinsen. «Sollte ich Sie kennen?»

«Wir sind zusammen zur Schule gegangen.»

«Auf welche Schule?», fragte Sloan herausfordernd, davon überzeugt, dass es sich um eine Verwechslung handele. So eine schöne Frau vergaß man nicht.

«Auf die West Bend High.»

«Dann schulde ich Ihnen wohl einen Drink und eine Entschuldigung, Miss ...?» Er wartete gespannt, denn er hatte bereits bemerkt, dass sie keinen Ehering trug.

Sie erwiderte seinen Blick. Ihre Augen hatten die Farbe goldgelben Sherrys. «Ich glaube, ich spanne dich noch ein wenig auf die Folter. Mal sehen, ob du von selbst draufkommst.»

«Das wäre ziemlich grausam. Was möchten Sie trinken?»

«Sekt natürlich. Was sonst bei einer Hochzeit?»

«Sie sind wegen einer Hochzeit hier? So ein Zufall. Ich nämlich auch.»

«Das ist kein Zufall, Sloan Hardt. Wir nehmen an derselben Hochzeit teil.» Miss Rotschopf wandte sich ab und rauschte davon, während er mit offenem Mund beobachtete, wie sie seinen Bruder begrüßte.

«Steele, wann lerne ich endlich deine Frau kennen?»

«Sobald ich sie gefunden habe, stelle ich sie dir vor. Seit sie schwanger ist, hält sie sich ständig im Bad auf.»

Als der Rotschopf weitergegangen war, näherte sich Steele grinsend Sloan. «Herrgott, Mann, mach endlich den Mund zu. Ich weiß, sie sieht gut aus, aber –»

«Wer ist das?»

«Machst du Witze?» Steele deutete mit dem Daumen auf die sich entfernende Rothaarige. «Das ist die kleine Cassidy Ferrill.»

«*Fatty* Ferrill, das Pummelchen?»

«Na, na. Sie hatte damals einen richtigen Narren an dir gefressen, Mann.»

«Was zum Teufel macht sie auf der Hochzeitskreuzfahrt unserer Eltern?»

«Wenn du Gramps ab und zu mal besuchen würdest, wüsstest du, dass Cassidys Mutter sein derzeitiger Schwarm ist.»

Sloan stieß einen leisen Pfiff aus. *«Go, Gramps, go.»*

«Jau. Mit Louise Ferrill erlebt er seinen zweiten Frühling.»

«Ein guter Grund, um morgens aufzustehen. Oder vielmehr, um gleich liegen zu bleiben.»

Steele kniff ihn in den Unterarm. «Es ist schon traurig, wenn unser Großvater ein besseres Liebesleben hat als du.»

«Jetzt mach aber mal halblang. Du weißt genau, dass ich mit dem Hausbau und der Leitung der Black Creek Ranch beschäftigt bin.»

«Ich weiß auch, dass du's nötig hast. Ich an deiner Stelle würde ganz besonders nett zu Cassidy sein.»

«In diesem Fall, großer Bruder, bin ich geneigt, deinem Rat zu folgen.»

Er brauchte eine Weile, um sie ausfindig zu machen. Als Rancher hatte er weniger Erfahrung mit Menschenansammlungen als Steele. Angel und Rake, ihre Eltern, hatten anscheinend sämtliche Freunde und Bekannten eingeladen, um sie an ihrer neu entflammten Liebe teilhaben zu lassen, und da er ständig von Leuten angesprochen wurde, die er kaum kannte, kam er nur langsam voran. Als er zu seinen Eltern hinübersah, die auf der anderen Seite des Raums standen, musste er zugeben, dass sie richtig glücklich wirkten. Plötzlich fühlte er einen ungewohnten Anflug von Neid in sich aufsteigen. Seit Steele Montana geheiratet hatte und Rake und Angel die wahre Liebe wiederentdeckt hatten, kam es ihm so vor, als wären alle außer ihm in festen Händen. Und er war es nicht gewohnt, ein Außenseiter zu sein.

Cassidy hatte sich jedoch noch nie viel aus Menschenmengen gemacht, deshalb setzte er seine Suche auf dem Promenadendeck fort. Als er einen roten Haarschopf in der Sonne aufleuchten sah, wurde er schneller und achtete darauf, den Sekt nicht zu verschütten, den er unterwegs von einem Tablett genommen hatte. Als spürte sie seine Anwesenheit, drehte Cassidy sich um und wartete auf ihn.

«Ich bringe dir etwas Sekt und bitte um Verzeihung. Tut mir leid, dass ich dich nicht gleich erkannt habe.»

Sie tauchte die Finger in den Sekt und schnippte ihm spielerisch ein paar Tropfen ins Gesicht. «Schande über dich.»

Sein Lächeln wurde breiter. «Ich habe eine Bestrafung verdient.»

«Man sollte dir den Hintern versohlen», sagte sie mit einer solch eigenartigen Betonung, dass ihm das Blut in die Lenden schoss. Das war eine ganze andere Cassidy als das Mädchen, an das er sich erinnerte.

«Auf unsere erneute Bekanntschaft.» Er stieß mit ihr an. «Es ist schön, dich wiederzusehen. Wie ich soeben erfahren habe, sind wir praktisch miteinander verwandt.»

Cassidy mochte sich körperlich verändert haben, doch

wenn sie lächelte, strahlte sie noch immer übers ganze Gesicht. «Es ist schön, meine Mom so glücklich zu erleben. Sie mag es, James zu bemuttern, und er ist wirklich ganz reizend zu ihr.»

«Das hat sie auch verdient», sagte Sloan. Cassidys Vater war gar nicht nett gewesen, weder zu Cassidy noch zu ihrer Mutter. «Hast du einen Vorschlag, wie wir hier auf hoher See die Zeit totschlagen sollen?»

Cassidy lächelte ihn über den Rand des Sektglases hinweg an. «Ich dachte eigentlich, das wäre klar. Wir werden ein Paar.»

Als Sloan sich verschluckte und zu husten begann, klopfte Cassidy ihm so resolut auf den Rücken, wie er es aus seiner Jugend her kannte.

«Du hast jedenfalls eine direkte Art. Bei einer Frau gefällt mir das», sagte er atemlos.

«Das freut mich», meinte Cassidy. «Und so geht das Spiel. Die Grundregel lautet: Alles ist erlaubt.»

Er trat einen Schritt auf sie zu. «Bis jetzt gefällt es mir.»

Sie kam ihm so nahe, dass er ihre Körperwärme und ihren betörenden Duft wahrnahm. «Es kommt noch besser.» Sie schnurrte wie eine Katze. Er bekam nicht nur eine Gänsehaut, sondern alles Männliche an ihm wurde auf einmal hellwach.

«Du wirst den besten Sex aller Zeiten haben. Wegen der Hochzeitsfeier magst du glauben, es gehe um mehr. Aber das wird nicht der Fall sein. Deshalb sage ich dir gleich ganz offen, dass wir beide unseres Weges gehen werden, wenn das Schiff wieder anlegt. Kein Bedauern. Keine falschen Versprechungen. Nur angenehme Erinnerungen. Einverstanden?»

Er runzelte die Stirn. «Es muss doch einen Haken dabei geben.»

«Wieso?»

‹Wegen dem, was damals passiert ist›, wollte er sagen, doch das kam ihm unpassend vor. Er räusperte sich. «Gramps hat uns beigebracht, wenn etwas zu schön scheint, um wahr zu sein, dann trügt das Gefühl meistens nicht.»

Sie ließ ihre Finger spielerisch an seinem Unterarm hochwandern. «Bin ich etwa zu schön, um wahr zu sein?» Die Berührung ihrer Fingerspitzen und ihr wispernder Atem gingen Sloan durch und durch. ‹Was soll's!›, schrien seine Sinne.

Er atmete hörbar aus. «Offenbar hast du dir darüber schon Gedanken gemacht.»

Sie schaute unter gesenkten Wimpern hervor zu ihm auf. «Allerdings.»

Sloan wusste, dass er ein Händchen für Frauen hatte; sie fielen ihm in den Schoß wie saftige reife Früchte. Aber dennoch ... «Eine Bordaffäre?»

«Auf einer Fantasy-Kreuzfahrt ist jede Phantasie erlaubt.»

Hmmm ... Sloan ging Cassidy betreffend so allerlei durch den Kopf. «Wie fangen wir an?»

«Zum Beispiel so.» Sie nahm ihm das Sektglas aus der Hand, stellte beide Gläser auf einen Tisch, legte ihm die Arme um den Hals und presste sich an ihn.

Sloan schloss sie selbstbewusst in die Arme und zog sie an sich. Es war schon zu lange her, dass er einer Frau so nahe gewesen war. Zumal einer, die sich in seinen Armen so gut angefühlt hatte.

Die erste Berührung und der erste Kuss riefen die Vergangenheit wach und verwirrten ihn. Cassidy war damals jedermanns Kumpel und niemandes Schatz gewesen. Als seine Freundin die Masern bekam und das Bett hüten musste, war sie eingesprungen. Und weil er selbstsüchtig und dumm gewesen war, hatte er mit ihren Gefühlen gespielt. Sollte jetzt er ihr Spielzeug sein?

Cassidy hatte ihr Leben lang auf diesen Tag gewartet – der erste Schritt, Sloan in sie verliebt zu machen, war getan. Mit weit geöffneten Augen erwartete sie seinen Kuss.

Der Kuss enttäuschte sie nicht. Seine Lippen waren zunächst ganz sanft und fest und beknabberten ihre Lippen, was sich ausgesprochen verheißungsvoll anfühlte. Er versuchte nicht, ihr die Zunge in den Hals zu schieben, sondern wartete ab, bis sie von sich aus den Mund öffnete und mit ihrer Zunge nach der seinen tastete.

Cassidy hatte das Gefühl, der Brunnen ihrer aufgestauten Gefühle ergieße sich in Sloans Mund und sie bliebe leer zurück. Sie klammerte sich an seinen Schultern fest, während ihr Körper mit seinem verschmolz, und spürte dann, dass wie durch ein Wunder eine Woge frischer Energie durch sie floss. Als würde er entgegennehmen, was sie ihm gab, es verdoppeln und ihren Brunnen wieder auffüllen.

Der Junge von nebenan hatte sich in einen prachtvollen Mann verwandelt. Und der würde sich so schnell in sie verlieben, dass er nicht einmal wüsste, wie ihm geschah.

Seine Hände waren überall, streichelten ihr Haar, betasteten ihre Figur, umfassten sie von hinten und drückten sie an ihn. Cassidy stöhnte zustimmend, denn was er tat, fühlte sich gut an. Sie rieb die Brüste an ihm und tat so, als wären sie nicht durch mehrere Stoffschichten voneinander getrennt. Sie konnte es kaum erwarten, seine nackte Haut zu spüren.

Sie spürte, wie er an ihr steif wurde, schob das Becken vor und suchte seine Hitze.

«Mein Gott, Cassidy.» Als er seinen Mund von ihr löste, atmete er keuchend, und sie spürte seinen schnellen Herzschlag. Oder war es ihr eigenes Herz?

«Ein vielversprechender Anfang.» Mit zitternden Händen strich sie sich glättend übers Haar, dann wandte sie das Gesicht dem Meer zu, hielt sich an der Reling fest und rief sich in Erinnerung, dass sie einen kühlen Kopf bewahren musste.

«Warte erst mal die Zugabe ab.» Sloan kam näher, jedoch nicht gierig und besitzergreifend. Erst spürte sie die Wärme seines Körpers, dann seinen kitzelnden Atem. Mit einer federleichten Bewegung streifte er ihr das Haar beiseite, dann berührte seine Zunge die empfindliche Stelle seitlich am Hals.

Aufstöhnend umklammerte Cassidy die Reling und neigte ihm wie eine Blume in der Mittagssonne den Kopf entgegen. Auch wenn es darum ging, Sloan eine Lektion zu erteilen, sprach doch nichts dagegen, den Sex auch zu genießen.

Obwohl seine spielerisch forschende Zunge nur ein Vorgeschmack auf die anderen Freuden war, die er ihr schenken würde, verwirrte seine Zärtlichkeit ihre überforderten Sinne. Auf das weite blaue Meer hinausblickend, vermochte sie noch immer kaum zu glauben, dass Sloan Hardt sie in den Armen hielt und dass sie am Beginn eines sexuellen Abenteuers standen, das ihr vollkommene Genugtuung verschaffen würde.

«Wir könnten in meine Kabine gehen.» War sie das, die so kühn gesprochen hatte? Sloan würde das bestimmt gefallen.

«Mir gefällt es hier», murmelte Sloan an ihrer Haut. «Frische Luft und Sonnenschein.»

«Hier kann man uns sehen.»

«Wer denn?» Er streifte die Spaghettiträger ihres mit Volants besetzten Sommerkleids hinunter, schob den Mittelfinger in den Ausschnitt, liebkoste ihre weichen Brüste und tastete nach den sich versteifenden Nippeln.

Die Berührung seiner Fingerspitzen auf ihrer empfindsamen Haut strahlte bis zwischen ihre Schenkel aus. Von Verlangen überwältigt, stöhnte sie auf. «Sloan, ich –»

«Pssst ...» Behutsam versetzte er ihre Brüste in Erregung und presste ihr seinen heißen, feuchten Mund auf den Hals. Sie drehte sich ein wenig zur Seite, um die stärker werdende Glut zwischen ihren Schenkeln zu lindern. So hatte sie sich das nicht vorgestellt. Er sollte nicht solche Gefühle bei ihr wecken, jedenfalls nicht so schnell. Er sollte seiner Lust erliegen und vor ihr zu Kreuze kriechen.

Sein Ständer drückte gegen ihren Po. «Mein Gott, fühlt sich das gut an.» Er langte herum und legte die Hand auf ihr Becken. «Ich spüre deine Hitze.»

Sollte er ruhig glauben, sie verliere die Beherrschung und sei Wachs in seinen Händen. «Du machst mich scharf.»

«Und feucht. Mach ich dich feucht?»

Sie nickte wortlos.

«Dann dreh dich um und schau mich an.»

Als sie die Reling losließ und sich in seiner Umarmung umdrehte, hoffte sie, dass ihre Beine nicht nachgeben würden.

«War es dir ernst mit dem, was du gesagt hast? Dass alles erlaubt ist?» Er schob ein Knie unter ihr bauschiges Kleid und drückte es gegen das verlangend pulsierende Lustzentrum, was sich herrlich anfühlte.

Sie stöhnte leise.

«Beweg dich.» Sloan schwenkte sein Knie hin und her und verstärkte den Druck.

Cassidy klammerte sich an seinen Schultern fest, krümmte sich zusammen und schaukelte vor und zurück.

Als er sie gekonnt in die Brustwarzen kniff, stockte ihr vor Verlangen der Atem. Auf einmal drehte sich alles um sie, und es gab nur noch Sloan, der ganz ungewöhnliche Empfindungen bei ihr auslöste und sie dazu brachte, ungewohnte Dinge zu tun. Sie war die Gefangene ihrer neu entdeckten Sinnlichkeit.

Er deutete ihre Reaktionen richtig und passte seine Bewegungen den ihren an, als sie den Rhythmus beschleunigte. Er küsste ihr Gesicht, ihre Wangen, ihre Lippen, ihr Kinn, dann endlich überließ er ihr seinen Mund.

Sie saugte seine Zunge in sich hinein und verschlang sie, nur darauf bedacht, ihrem Körper die ersehnte Erlösung zu verschaffen, vollständig absorbiert von der unerwarteten Lust, die sie innerlich krampfartig erzittern ließ, während Sloans kräftige Arme ihr Halt gaben und sie an ihn drückten.

«Braves Mädchen.» Sloan lächelte, und ihr Herzschlag setzte aus, als er ihre Träger wieder hochschob. Im nächsten Moment bog seine Mutter um die Ecke.

«Sloan. Cassidy. Wie ich sehe, habt ihr euch bereits miteinander bekannt gemacht.»

«Das kann man so sagen.» Sloans Stimme klang rauchig, und Cassidy trat eilig vor ihn hin und verdeckte seinen sich noch deutlich abzeichnenden Ständer.

«Es ist Zeit für die Probe, deshalb sammle ich alle ein.»

«Ich dachte, du und Dad, ihr wärt nach all den Jahren alte Hasen und bräuchtet keinen Probedurchlauf mehr.»

«Um deinen Vater mache ich mir keine Sorgen», erwiderte Angel trocken. «Du hingegen bist so schwierig wie seit ewigen Zeiten.»

«Hey, ich lasse es nur locker angehen. Steele ist derjenige, der seinem Ruf gerecht wird.»

«Steele wird mich bald zur Großmutter machen», meinte Angel heiter. «Während du so unbeständig bist wie eh und je.»

«Unbeständig? Ich baue gerade ein Haus. Wieso bin ich auf einmal das schwarze Schaf?» Sloan war es unangenehm, dass Cassidy Zeuge der Unterhaltung wurde.

Angel zupfte ihm ein langes rotes Haar von der Schulter. «Nur eine sanfte Erinnerung daran, dass auch du nicht jünger wirst.»

«Jetzt, da ich Cassidy getroffen habe, fühle ich mich verjüngt.» Er schwenkte ausholend den Arm. «Bitte geh voran. Wir folgen dir.»

«Keine Ausreden», sagte Angel. «Ich möchte, dass meine Hochzeit ohne Zwischenfälle über die Bühne geht.»

«Machen Sie sich wegen Sloan keine Sorgen, Angel. Ich passe auf ihn auf», sagte Cassidy.

«Es ist höchste Zeit, dass das jemand übernimmt.»

Weshalb machten Frauen immer einen solchen Wirbel um Hochzeiten? Seit der großen Ankündigung hatte sein Vater nicht annähernd so viel Aufhebens gemacht wie seine Mutter.

Pflichtbewusst nahm er neben Steele und Rake seinen Platz weit vorn in der Bordkapelle ein. Neben Steeles schwangerer Frau Montana stand Cassidys Mutter Louise.

Groß gewachsen, elegant und silberhaarig, schritt Gramps mit Angel am Arm nach vorn, während Steele leise Mendelssohns Hochzeitsmarsch summte.

«Bist du sicher, dass dieser Schlingel eine zweite Chance verdient hat?», sagte Gramps, was vom Publikum mit lautem Gelächter quittiert wurde.

«Er ist dein Sohn», sagte Angel. «Ich glaube, wenn Louise mit einem alten Taugenichts wie dir klarkommt, dann komme ich auch mit Rake zurecht.»

Sloan lachte und stieß Steele mit dem Ellbogen an, auf einmal erfüllt von sentimentaler Zuneigung. Bisweilen war es schmerzhaft, Familie zu haben, doch es war ein wohltuender Schmerz.

«Ich hoffe, dass er seine Lektion gelernt hat», meinte Gramps.

Sloan warf Cassidy einen ungenierten Blick zu und zwinkerte ihr zu. Sie errötete, was ihr ausgesprochen gut stand und ihren makellosen Porzellanteint betonte. Ihre vollen Lippen formten ein bezauberndes Lächeln, und ihr rotgoldenes Haar umwogte ihre Schultern in weichen Wellen.

Ohne sie aus den Augen zu lassen, presste er anzüglich die Lippen zusammen, sodass nur noch die Zungenspitze hervorschaute.

Sie öffnete die Lippen und leckte langsam darüber, sodass die rosige Farbe feucht aufschimmerte. Als Sloan sich vorstellte, wie ihre feuchten Lippen sich um seinen Schwanz schlossen, stöhnte er innerlich auf. Zum Glück hatte Steele die Hochzeitsringe in seine Obhut genommen; er selbst brauchte nur still zu stehen und darauf zu achten, dass er sich nicht in Verlegenheit brachte.

Cassidy war ihm dabei allerdings keine Hilfe. Da die übrigen Gäste sie nicht sehen konnten, schob sie den Zeigefinger zwischen ihre Lippen, umkreiste ihn mehrmals mit der Zunge, nahm ihn in ihren Mund und zog ihn langsam wieder hervor, um ihn gleich wieder hineinzuschieben und daran zu lutschen wie an einem süßen, schmelzenden Eis.

Sloan ließ den angehaltenen Atem entweichen. Warte nur, bis wir allein sind!

2

«Sieht Angel nicht wundervoll aus?», flüsterte Cassidy ihrer Mutter zu.

«Es gibt nichts Schöneres als eine Hochzeit», flüsterte Louise zurück und tippte sich ans Auge. «Ich kann's gar nicht erwarten, dass du auch heiratest.»

Cassidy blickte James an, der bei Angel stand. «Nur wenn du mich in die Kirche prügelst. Weshalb führt James sie zum Altar? Er ist der Vater des Bräutigams.»

«Ursprünglich sollte sie von den beiden Jungs zum Altar geleitet werden. Aber dann hat James gemeint, sie wär für ihn wie eine Tochter, und ...» Sie brach ab und schniefte entschuldigend.

«Hey, selbst wenn mein Vater noch leben würde, würde ich mich an meinem großen Tag nicht von ihm anfassen lassen.»

Louise kniff sie extra fest in den Arm.

Cassidy versuchte vergeblich, sich Sloan als nervösen Bräutigam vorzustellen. Er war schon immer ein Einzelgänger gewesen. Die Rolle des einsamen Cowboys war ihm wie auf den Leib geschrieben; auch jetzt stand er ein Stück abseits von seinem Bruder und seinem Vater. Die Hardt-Männer waren alle Individualisten, jeder für sich eine geradezu heroische Gestalt, die nach ihren eigenen Regeln lebte.

Rake war ein Profispieler, der in Las Vegas ein Casino leitete, und hatte den Spielervirus an Steele weitergegeben. Sloan war seinen eigenen Weg gegangen und hatte sich dafür entschieden, die Ranch zu bewirtschaften, was wahrscheinlich ebenfalls ein Spiel war, wenngleich sie bezweifelte, dass er es so sah.

Ihr blieb fast das Herz stehen, als er sich zu ihr umdrehte und sein Blick ihr Inneres zum Glühen brachte. Auf die Probe würde ein intimes Zwischenspiel mit Sloan folgen, und ihre Nervosität hielt der Vorfreude die Waage. Wenn das Geplänkel auf dem Oberdeck nicht getrogen hatte, würde es ganz einfach sein, Sloan den Kopf zu verdrehen.

Die Probe war eine Qual für Sloan und zog sich endlos hin. Cassidy war so sexy und schön, dass er sich nicht auf das Geschehen konzentrieren konnte. Ständig stellte er sie sich nackt vor, das rote Haar auf dem Kissen ausgebreitet, und überlegte, auf welche Weise er sie nehmen sollte. Erst langsam, dann schnell. Dann wieder langsam; beinahe meinte er zu hören, wie sie seinen Namen schrie und ihn um Erlösung anflehte.

Damals, als sie beide zusammen aufwuchsen, hätte er sich nicht träumen lassen, dass einmal eine so sexy Verführerin aus ihr werden würde. Sie war die komische Cassidy Ferrill gewesen, ein reizloses Pummelchen mit Brille, unreiner Haut und einer Figur, die irgendwie nicht ganz zum Gesicht passte. Er war mit ihrer besten Freundin gegangen und hatte sie deshalb häufiger getroffen.

Jetzt aber kam es ihm vor, als sähe er sie zum ersten Mal.

Er atmete schwer. Wie lange würde es noch dauern? Als die Probe schließlich endete, war er so scharf, dass er sich am liebsten auf sie gestürzt hätte. Und dann stand sie auf einmal vor ihm, eine bezaubernde, strahlende Erscheinung, die ihm den Kabinenschlüssel in die Hand drückte.

«Lass mir eine halbe Stunde Zeit, okay?»

Nein! Ihm war danach, sich in die Brust zu werfen und sie wegzuschleppen.

«Natürlich.» Was mochte sie vorhaben? Die alte Cassidy

hätte gar nichts vorgehabt; was diese neue, sexy, selbstbewusste Model-Erscheinung anging, war er sich nicht so sicher. Sie waren auf benachbarten Farmen beinahe wie Bruder und Schwester aufgewachsen, bis sie in die Pubertät gekommen waren und er entdeckt hatte, dass es *Mädchen* gab. Mädchen, die ihn ebenso gern mochten wie er sie. Cassidys Freundin Janine war das große Los gewesen, das Mädchen, auf das alle Jungs es abgesehen hatten und das Sloan bekommen hatte. Und an jenem schicksalhaften Abend, da Janine mit Masern das Bett hüten musste, hatte sie darauf bestanden, dass er mit Cassidy zum Schulball ging.

Er hätte Cassidy damals nicht küssen und ihr das Gefühl geben dürfen, er möge sie. Aber wie hätte er auch ahnen können, dass sie, von Gewissensbissen geplagt, Janine alles brühwarm erzählen würde?

«Wo ist Louise, Gramps?» Er setzte sich auf den freien Barhocker neben seinem Großvater, bestellte ein Corona und blickte fragend auf James' halbleeres Bierglas.

«Hat gemeint, sie bräuchte etwas Ruhe.»

«Das Gleiche hat Cassidy zu mir gesagt.» Mit dem Daumen streifte er die Tropfen ab, die sich auf der Flasche gebildet hatten. «Ist schon eine komische Sache mit dem Heiraten.»

«Den Damen setzt es jedenfalls ganz schön zu.»

«Was meinen sie eigentlich, wenn sie sagen, sie bräuchten Zeit für sich?»

«Das, mein Junge, ist eines der zahlreichen Geheimnisse des schönen Geschlechts.»

«Hast du die in deinem fortgeschrittenen Alter etwa noch immer nicht gelüftet?»

«Ich bin viel klüger als damals, als deine Großmutter noch lebte. Ich habe gelernt, auch dann ‹Ja, mein Schatz› zu sagen, wenn ich die Frage nicht verstanden habe.» Mit seinem verschwörerischen Gelächter brachte er Sloan zum Lächeln. «Cassidy ist ein richtiger Hingucker geworden, nicht wahr? Genau wie ihre Mom.»

«Ja. Siehst du sie oft auf der Ranch?»

«Hin und wieder kommt sie vorbei.»

«Erkundigt sie sich auch mal nach mir?»

«Eher nein, falls mein Gedächtnis mich nicht trügt. Weshalb fragst du?»

«Nur so.» Er deutete auf das halbleere Glas, das neben dem Ellbogen seines Großvaters stand. «Es wundert mich, dass du Bier trinkst.»

«Das ist alkoholfreies», meinte James verdrossen. «Andernfalls würde Louise mir die Hölle heiß machen.»

«Ist das so, wenn man verliebt ist?»

«In meinem Alter lernt man, für die kleinen Dinge im Leben dankbar zu sein. Zum Beispiel für Viagra.» Der alte Mann klatschte sich aufs Knie und lachte.

«Gramps, manche Dinge wollen wir jungen Leute lieber gar nicht wissen.»

James kippte den Rest des alkoholfreien Bieres hinunter. «Wieso zählst du dich zu den Jungen? Du bist im mittleren Alter.»

«Aber ich fühl mich jung, wenn alle die Turteltäubchen spielen. Demnächst wirst wohl du mit Louise den Bund fürs Leben schließen.»

Sein Großvater lächelte. «Ehrlich gesagt, hab ich schon um ihre Hand angehalten. Sie hat gemeint, sie würde es sich überlegen.»

«Tatsächlich?»

«Jau. Ganz nach dem Motto: Am Bewährten soll man nicht rütteln.»

«Und was hältst du davon?»

«Mir ist es so und so recht. Es gibt ihr ein Gefühl von Sicherheit, wenn sie weiß, dass ich willens bin, eine ehrbare Frau aus ihr zu machen. Es ist immer noch ein bisschen heikel, in Sünde zu leben. Und zu wissen, dass sie mir jederzeit weglaufen könnte, hält mich auf Trab. Vielleicht ist das ja ihre Absicht.»

Sloan rutschte unbehaglich auf dem Hocker hin und her und wechselte das Thema.

«Was macht Cassidy eigentlich so?»

«Sie ist eine sehr beschäftigte junge Dame – sie ist Hebamme und hilft Frauen, sich auf die Geburt vorzubereiten.»

«Soll das heißen, sie bringt anderer Leute Babys zur Welt?»

«Kann man wohl so sagen.»

«Das habe ich nicht gewusst. Das ist so ... intim.» Ihm kam der Gedanke, dass Cassidy sich auch selber irgendwann ein oder zwei Kinder wünschen würde. War das vielleicht ihr geheimer Plan?

«Ein kluges Mädchen. Und fleißig ist sie auch.» Gramps zog eine buschige Braue hoch. «Spiel nicht mit ihr, Sloan. Mit Frauen wie Cassidy spielt man nicht.»

Weshalb spielte sie dann mit *ihm*? Ging es ihr nur um Sex, oder steckte mehr dahinter?

«Also, ich muss los. Zeit fürs Mittagsschläfchen.» James zwinkerte Sloan schalkhaft zu und wandte sich zum Ausgang.

«Noch ein Bier, Sir?», fragte der Barmann.

Sloan sah auf die Uhr. «Nein, danke.» Er hatte eigentlich angenommen, die halbstündige Wartepause werde seine Vorfreude verstärken, doch stattdessen wurden in ihm zahlreiche Zweifel wach.

Mit dem Schlüssel, den sie ihm gegeben hatte, öffnete er die Tür der dunklen, nur von zwei Kerzen erhellten Kabine. Es duftete würzig-süß, nach Blumen und Zimt. Sie war nicht da.

«Cass?»

«Ich bin im Bad. Komm nicht rein, ich – Oh!»

Sie reiste mit Stil, denn sie hatte eine Suite mit Balkon und französischem Bett. Sloan setzte sich auf die Ecke des Bettes. «Alles in Ordnung da drinnen?»

Ihre Stimme klang gedämpft. «Nicht ganz.»

«Kann ich dir irgendwie helfen?»

«Ich weiß nicht.»

Also, was denn nun? «Du sagst Bescheid, wenn du Hilfe brauchst, okay?»

Er hörte, wie die Klinke bewegt wurde, dann kam Cassidy heraus. Sie trug einen hautengen schwarzen Minirock von Frederick's of Hollywood.

«Der Reißverschluss hat sich verklemmt und –»

«Dreh dich um. Ich mach das.»

Der Reißverschluss klemmte ganz erheblich, denn er hatte sich in das glatte, gummiähnliche Material gefressen, und nachdem er einige Male daran gezogen hatte, riss unter seinen Fingern der Stoff.

«Da ist hoffentlich noch Garantie drauf», murmelte er.

Sie wandte sich um, zur Hälfte in dem lächerlichen, vorne geschnürten Kleidungsstück und zur Hälfte draußen. Ihr Lachen klang gezwungen. «So viel zu meinen sirenenhaften Verführungskünsten.»

Sloan hatte das Gefühl, etwas stimme nicht. Langsam fuhr er mit den Fingernägeln über ihren nackten Arm und spürte, wie sie erschauerte. «Wie wär's, wenn du dich anziehen würdest, und wir trinken etwas an der Bar? Um herauszufinden, ob wir bei diesem Arrangement tatsächlich auf derselben Wellenlänge sind.»

«O nein, das werden wir nicht tun. Wir haben eine Abmachung.»

Er musterte sie unter gesenkten Lidern hervor. Irgendetwas war im Busch, aber was?

Sloan ließ den Blick durch die Kabine schweifen und entdeckte eine Flasche eisgekühlten Sekt. Er stand auf, entkorkte kurzerhand die Flasche und schenkte zwei Gläser voll.

«Schatz, ich weiß die Mühe zu schätzen, die du dir gemacht hast, aber das war doch wirklich nicht nötig. Du hattest mich schon beim ‹Hallo›.»

«Das ist aus dem Film *Jerry McGuire*», sagte sie abweisend.

«Aber es kommt auch von hier.» Er ergriff ihre Hand und legte sie sich flach auf die Brust. «Cassidy, du solltest wissen, dass du keine besonderen Hilfsmittel brauchst, um mich zu verführen.»

Sie schien über seine Worte nachzudenken und nahm einen Schluck Sekt. «Ich wollte dafür sorgen, dass dir die Zeit mit mir im Gedächtnis bleibt.»

Ihm kam ein Gedanke. «Du bist doch nicht etwa noch Jungfrau, oder?»

«Wohl kaum», erwiderte sie spöttisch.

«Man darf ja wohl mal fragen», murmelte er verlegen. Er hätte sie einfach abschleppen sollen, als ihm danach war.

Es entstand ein peinliches Schweigen, und er räusperte sich. «Da ist noch etwas, was ich gerne wüsste.»

«Und das wäre?»

«Nimmst du die Pille?»

«Natürlich nehme ich die Pille. Weshalb fragst du?»

«Ich wollte mich nur vergewissern, dass deine biologische Uhr nicht außer Kontrolle geraten ist, denn ich will keine Kinder. Auf keinen Fall.»

«Ach. Warum denn das?», fragte sie neugierig.

«Dafür gibt's verschiedene Gründe.»

«Aber ... du hast dich nicht sterilisieren lassen?»

«Nein.»

«Wenn das so ist, wieso erwartest du dann von der Frau, dass sie sich um die Verhütung kümmert?»

Sloan schnaubte. «Ich benutze Kondome.»

«Das will ich auch hoffen.» Cassidy seufzte. «Das wird richtig mühsam. Eigentlich sollte es ein lockeres Techtelmechtel werden, aber jetzt hab ich es mit diesem blöden Outfit verdorben.»

«Das ist richtig sexy, irgendwie nuttig.» Er schob sich näher an sie heran.

Sie blinzelte. «Magst du's nuttig?»

«Klar. Wie wär's, wenn du dich ausziehen würdest, damit wir zur Sache kommen können?»

Er richtete sich auf, streifte sich das T-Shirt über den Kopf und ließ es auf den Boden fallen. Ach Gott, sah er toll aus; seine Muskeln waren so wohlgeformt, als stammten sie aus einem Labor und nicht aus dem Fitnessstudio. Auf der Brust hatte er genau die richtige Menge dunkelbrauner Haare, und sie würde gern ihr Gesicht darin vergraben und seinen Duft und Geschmack genießen.

«Ich glaube, das Ding klebt auf der Haut», meinte Cassidy und zupfte am Ausschnitt. «Das ist nicht gerade atmungsaktiv.»

«Keine Sorge. Sloan Hardt weiß Rat.» Er nahm ein Taschenmesser aus der Jeans, dann spürte sie die stumpfe Seite der kalten Stahlklinge an der Haut. Er schnitt die Verschnürung auf, bis ihre Brüste heraussprangen.

«So ist es schon viel besser.» Er legte das Messer weg, neigte den Kopf und naschte von ihr. Als er mit der Zunge über ihre Nippel leckte, bekam Cassidy weiche Knie. Sie legte die Hände um seinen Kopf und wühlte in seinem dichten dunklen Haar, das reizvoll mit ihrer weißen Haut kontrastierte.

«Du bist erwachsen geworden», sagte er, umfasste ihre Brüste und streifte damit an seiner nackten Brust. «Ich erinnere mich noch, dass du mal ebenso flachbrüstig warst wie ich.»

«Willst du mich jetzt endlich aus dem Rest herausschneiden?»

«Ich weiß nicht», neckte er sie. «Allmählich gewöhne ich mich dran.»

«Aber ich will dich», sagte sie mit ihrer verführerischsten Stimme.

Er zog sie an sich, sodass ihre Brüste seine behaarte Brust berührten, dann fasste er ihr ins Kreuz und drückte sie gegen seinen harten Schwanz. Langsam rollte er den Rocksaum nach oben, bis er ihren nackten Po streicheln konnte.

Sie ließ die Hand in seine Jeans gleiten und betastete die samtige Eichel seines Ständers. Als sie den Reißverschluss herunterzog und sein Glied befreite, stöhnte er ihr ins Ohr.

«Du trägst keine Unterwäsche. Das gefällt mir», murmelte sie.

Sein Schwanz war ebenso prachtvoll wie alles andere an ihm – lang und dick und pulsierend vor Verlangen, ihr Lust zu bereiten. Sie sank vor ihm auf die Knie, streichelte zärtlich seinen Sack und den erigierten Penis, dann ließ sie die Zunge langsam und aufreizend um die Eichel kreisen.

Sie war außen seidig und innen stahlhart und ließ Cassidys Erkundung geduldig über sich ergehen. Allmählich weitete sie ihre Bewegungen aus und ließ ihre Zunge an seinem

Schaft auf und ab wandern. Sie umfasste die Peniswurzel mit Daumen und Zeigefinger und drückte rhythmisch zu, während sie ihn leckte. Nach einer Weile zog er sie auf die Beine.

«Magst du das nicht?»

«Eher zu sehr.» Als er sich aus der Jeans schälte, durchbohrte er sie mit einem Blick von solcher Intensität, dass ihr der Atem stockte. Sie streichelte seine Brust, genoss die Berührung des drahtigen Haares, der straffen, federnden Muskeln und der glatten Haut.

«Du fühlst dich so gut an.» Sie schloss die Augen, um sich alle Einzelheiten genau einzuprägen.

Er revanchierte sich, indem er ihr Arme, Schultern und Rücken streichelte.

«Hast du vor, mich in diesem aufgebrezelten Zustand zu belassen, oder willst du mich rausschneiden?»

«Hmmm ... Ich mag das Nuttige an deinem Outfit. Schließlich komme ich an alle wichtigen Stellen heran.» Er umfasste mit einer Hand ihren runden Po, streifte mit den Fingern der anderen Hand über ihren Venushügel und leckte ihre nackten Brüste.

Die Hitze raste wie ein Buschfeuer durch ihre Adern, und sie wand sich aufreizend. «Nicht dass ich noch an sexuellem Frust sterbe.»

3

Er grinste. «Das ist mein Dank dafür, dass ich dir vorhin einen runterholen durfte.»

«Das war doch nur ein Vorgeschmack», schmollte sie.

Er drückte sie aufs Bett. «Jetzt bin ich an der Reihe.»

Sie stützte sich im Liegen auf die Ellbogen, während er den hochgerollten Rocksaum durchtrennte und dann mit der Klinge die Vorderseite so mühelos durchschnitt wie ein heißes Messer ein Stück Butter.

Cassidy zog den Rock unter sich hervor und schleuderte ihn in die Kabine. Sie zitterte vor Erwartung, als er die Hand von ihrem Hals zwischen den Brüsten zum Nabel wandern ließ und dann ihre Beckenknochen kitzelte.

«Sag mir, weshalb du geglaubt hast, du müsstest mich mit Requisiten scharfmachen.»

«Ich wollte sichergehen, dass du mich anders wahrnimmst als damals, als ich noch ein reizloses Pummelchen war.»

«Du warst knuddelig, kein bisschen auf den Mund gefallen und ein lustiger Typ.»

«Jetzt kann man mit mir noch mehr Spaß haben.» Unvermittelt stieß sie ihn zurück, setzte sich breitbeinig auf ihn und stützte sich mit den Händen auf seine Brust. «Da das erste Mal niemals gut ist, sollten wir's rasch hinter uns bringen und uns dem nächsten Durchgang zuwenden.»

Er fasste sie bei den Oberarmen. «Wer sagt denn, das erste Mal sei niemals gut?»

«Das ist einfach so.»

Er wälzte sich herum und begrub sie unter sich. «Schatz, wappne dich für den Fick deines Lebens.»

Cassidy seufzte und erwiderte seinen Kuss, der nicht bei ihren Lippen verharrte. Ganz allmählich wanderte sein Mund vom Hals zu den Brüsten und über den Oberkörper zum Nabel, dann glitt er von einer Hüftseite zur anderen.

Sie streckte genießerisch die Arme über den Kopf und spürte, dass ihre Sinnlichkeit erwachte wie ein im Erdreich schlummernder Same, der von der Sonne geweckt wird.

Leckend und küssend wanderte sein Mund am einen Bein hinunter und am anderen wieder hinauf. Gleichzeitig massierte er ihre Schenkel. «Dreh dich um.»

Wie hätte sie ihm irgendetwas verweigern können, zumal er ihren Rücken der gleichen qualvoll-köstlichen Behandlung durch Lippen und Zunge unterzog wie vorne? Sie spürte, wie die feuchte Wärme seines Mundes an ihrem Rückgrat entlang zum Steißbein wanderte, dann änderte er seine Taktik und knabberte an ihren Pobacken.

«Du hast einen wundervollen Rücken. Und einen noch hübscheren Hintern. Wie weich deine Haut ist.» Seine Hände waren überall, ebneten seinem unersättlichen Mund den Weg und ließen von allen möglichen Stellen aus Lustfunken in ihren ganzen Körper überspringen.

Als er sie schließlich wieder herumdrehte, fanden seine schlanken männlichen Konturen ihr weiches weibliches Gegenstück. Er spreizte ihr die Beine und enthüllte behutsam ihre verborgenen Schätze, tauchte einen Finger in ihren Lustbrunnen, dann steckte er ihn sich in den Mund und kostete von ihrem Saft. Währenddessen verschlang er jeden Quadratzentimeter ihres Körpers mit seinen Augen.

Genau so hatte sie es sich vorgestellt. Nämlich dass Sloan Hardt vor Begierde brannte und sie an unbekannte, primitive, ursprüngliche Orte führte – ein Mann, wie er im Buche stand.

Seine Berührung entflammte sie, dabei war sie kaum mehr als ein Lufthauch auf ihrer Haut, ein sanfter Regen an der Innenseite ihrer Schenkel, wo die weichen, sorgfältig getrimmten Locken ihr Lustzentrum verbargen.

Sie war ein so ausschweifendes Vorspiel nicht gewohnt, doch Sloan ließ sich Zeit.

Ihre Blicke trafen sich. «Was denkst du?»

«Dass ich froh bin, dir das Angebot gemacht zu haben.»

«Das bin ich auch. Ich habe noch bei keiner Frau einen solch starken Wunsch verspürt, ihr Lust zu bereiten, wie bei dir.»

Während sich ihr Selbstvertrauen in ungeahnte Höhen aufschwang, wand sie sich unter seiner Berührung. «Ich gehöre dir.»

Er murmelte etwas, das sich anhörte wie «Das möchte ich auch hoffen», dann senkte er den Kopf auf ihr innerstes Juwel und ersetzte seine Finger durch seine Zunge.

Er erkundete sie innen und außen, als ob er sie schon seit Ewigkeiten kennen würde: Er wusste genau, wann er lecken, in die Tiefe vordringen, sie mit kreisenden Bewegungen und speziellen Tricks quälen musste, sodass es sie kaum mehr auf dem Bett hielt.

Die köstlichen Lustschauer durchströmten sie mit wachsender Macht und gewannen an Intensität – wie ein hoher Ton, der nicht nur Glas zerspringen lässt.

Als sie mit einem Aufschrei kam, verschloss Sloan mit seinen Lippen ihren Mund, schwelgte in ihrem Zittern und teilte mit ihr das Erlebnis. Allmählich verlor sich die euphorische Erregung, und sie wappnete sich für sein Eindringen. Er aber ließ sich noch immer Zeit, rieb sich an ihr, innen und außen, schwelgte in ihrer Feuchte und benetzte sich mit ihren Säften, bis sie es kaum mehr aushielt und sie ihm die Hüften verlangend entgegenstemmte.

Er stupste ihren Eingang mit der Eichel an, dann zog er sich mit einem herausfordernden Lächeln zurück.

«Du machst mich wahnsinnig!»

Er berührte ihren Kitzler mit seiner samtigen Spitze, rieb sie an ihren geschwollenen Schamlippen und schob schließlich seinen Schwanz ganz langsam hinein.

Er zog sich zurück, drang abermals ein, wieder und wieder, immer schneller, die Stöße allmählich steigernd, bis ihre Erregung nahezu unerträglich wurde. Kurz bevor sie zum Höhepunkt kam, hielt er inne.

«Was ist?», keuchte Cassidy, streichelte ihm das Haar, die Schultern, den Rücken, jede Stelle, die für sie erreichbar war.

«Nichts.» Er wälzte sich mit ihr herum, sodass sie auf ihm lag. «Ich hab mich nur gerade gefragt, was wohl deine Lieblingsstellung ist.» Seine Hände auf ihren Hüften ermutigten sie, den besten Winkel und das ideale Tempo zu finden. «Wie gefällt dir das?»

Sie lehnte sich anmutig zurück, stützte sich mit den Armen ab und bewegte das Becken ein paarmal auf und ab. «Nicht schlecht.» Dann beugte sie sich vor, streifte mit den Brüsten herausfordernd über seinen Oberkörper. Er zog ihren Kopf an sich und saugte so gierig an ihren Lippen, dass die Begierde in ihrem Schoß neu entflammte. Sie schaukelte vor und zurück und nahm sich an ihm ein Beispiel, schob das Becken zurück, rieb sich an seiner Eichel und nahm sein Glied dann langsam wieder in sich auf.

Er ergriff ihre Hände und legte sie auf ihre Brüste.

«Fass dich an. Überall, wo's guttut.»

Zunächst massierte sie ihre empfindlichen Nippel etwas zaghaft, dann wurde sie immer kühner. Der köstliche Druck von Sloans pulsierendem Schwanz löste Wonneschauer aus, und sie schaukelte vor und zurück und wieder vor, um den Druck auf ihr Lustzentrum zu erhöhen.

Als Sloan die empfindliche Knospe sanft mit dem Daumen berührte, ließ die Gefühlsexplosion sie erbeben. Ehe sie nach dem Orgasmus auch nur wieder zu Atem gekommen war, drehte Sloan sie auf die Knie herum und drang erneut in sie ein, schnell und heftig, und fachte die Nachwellen ihrer Lust zu neuen Eruptionen an, sodass sie keuchend und stöhnend die Hände ins Laken krallte, während Sloan sich mit einem rauen Aufschrei in sie ergoss.

Langsam sank Cassidy auf seinen Bauch nieder, darauf achtend, dass er nicht aus ihr herausglitt. Sie drehte sich auf die Seite und drückte ihren Rücken schwelgerisch an seine Brust, während sie allmählich wieder zu Atem kamen.

«Du hast recht», sagte sie nach einer Weile. «Das erste Mal muss nicht unbedingt enttäuschend ausfallen.»

«Warte erst mal die Wiederholung ab», meinte er.

«Ich kann nicht warten.» Es fühlte sich so gut an, die Lust in seiner Umarmung ausklingen zu lassen, und sie nahm sich vor, dies nicht zur Gewohnheit werden zu lassen.

Sloan erwachte unvermittelt und sah auf die Uhr. Drei Uhr morgens. Cassidy hatte sich an seine Schulter geschmiegt. Erwartete sie von ihm, dass er die Nacht über bei ihr blieb? Für gewöhnlich vermied er das, um der morgendlichen Peinlichkeit aus dem Weg zu gehen und weil Frauen meistens daraus die Verpflichtung ableiteten, auch den folgenden Tag miteinander zu verbringen. Bislang hatte er immer die Ranch als Entschuldigung benutzt, doch das war hier an Bord nicht möglich.

Während er überlegte, wie er sich davonschleichen könnte, ohne sie aufzuwecken, wurde die Stille auf einmal von einem lauten Summen aus dem Schrank gestört.

Cassidy regte sich und erwachte blinzelnd. «Was ist das für ein Geräusch?»

«Hört sich an wie ein aufgeregter Bienenschwarm.» Froh über die Ablenkung, sprang er aus dem Bett und folgte dem Geräusch bis zu einem Matchbeutel, der im Schrank hing.

«Gib mir das!» Cassidy war rot geworden. Sie riss ihm den Beutel aus der Hand, langte hinein und stellte das Geräusch ab.

Sloan grinste auf sie hinab, die Arme vor der Brust verschränkt. «Was ist in dem Beutel, Cass?»

«Nichts ... Besonderes. Das war nur einer meiner Vibratoren.»

«Die wollten wohl mitmachen, oder? Wie viele Vibratoren sind denn da drin?» Er wollte nach dem Beutel greifen, doch Cassidy versteckte ihn hinter ihrem Rücken. «Ich war mal in einem Sexshop, da gab es alle möglichen Spielzeuge, und der Verkäufer hat mir versichert, die würden auch Männern Spaß machen, und da ... da hab ich eben ein paar gekauft. Du weißt schon. Für alle Fälle.»

«Für den Fall, dass ich abschlaffen sollte?», fragte Sloan und verkniff sich ein Lachen.

«Für den Fall, dass du meinen Ansprüchen nicht gerecht werden solltest», erwiderte sie schnippisch.

«Wenn du mich herausforderst, musst du auch bereit sein, die Konsequenzen zu tragen.»

Der Anblick von Cassidys weichen Rundungen und der moschusartige Liebesduft verfehlten ihre Wirkung nicht. Als er zum Bett zurückging, war sein Schwanz schon wieder hart und bereit für einen neuen Durchgang.

Mit einem ausgesprochen femininen Lächeln streckte sie die Arme nach ihm aus. «Wie könnten diese Konsequenzen denn aussehen?»

Er stellte sich vor sie hin und genoss ihre forschenden Berührungen. Sie streichelte seinen Schaft mit ihrer kleinen Hand, erst an der Oberseite, dann unten. Schließlich legte sie die Hand um seinen Schwanz. «Zeig mir, was du magst.»

Er fuhr ihr mit den Fingern durchs Haar. «Was du da machst, fühlt sich richtig gut an.»

Sie senkte den Kopf und leckte an der empfindsamen Spitze. Er krallte die Finger in ihr Haar, um ihr zu zeigen, wie sehr er das mochte.

Kühner werdend, nahm sie ihn in den Mund und schloss ihre Hand um die Peniswurzel, bewegte sie pumpend auf und ab und saugte ihn gleichzeitig.

«Ach Gott, Cass.» Es war eine süße Folter, und er wollte, dass sie weitermachte. Mit der freien Hand streichelte sie ihm sanft die Hoden, nahm sie in die Hand, während sie ihre Zunge kreisen ließ, womit sie ihn beinahe zum Kommen brachte.

«Uff, das fühlt sich beinahe zu gut an.» Er kletterte neben ihr aufs Bett, kniete sich zwischen ihre Beine und hob ihre Hüften an. Sie verstand den Hinweis und verschränkte die Füße hinter seinem Rücken. Er spürte ihre Hitze, roch ihr Begehren und sah, wie die tiefroten Blütenblätter ihrer Muschi erwartungsvoll bebten.

«Bist du bereit?»

Sie nickte.

«Vergewissere dich.»

Verwirrt schaute sie ihn an. «Fass dich an. Sieh nach, ob du feucht genug bist.»

Sie streifte rasch und zaghaft über ihre Schamlippen. «Ich bin feucht.»

«Zeig mir, wie gut sich das anfühlt.

Als ihre Finger nach unten zum Tal der Lust wanderten, beobachtete er, wie sich ihre Möse allmählich entfaltete wie eine Rose in der Sonne. Sie berührte sich innen und außen, und ihre Finger glitzerten feucht von den Säften ihres Begehrens.

«Ach Gott, wie schön du bist.» Er hob ihre Hüften noch etwas höher, und sie umschlang ihn noch fester mit den Beinen. «Sag mir, wie sich das anfühlt.»

Ihr Blick war träumerisch und ihre Lider halb geschlossen, während sie sich liebkoste. Er hörte nur das leise Gleiten des Fingers, den sie in ihrer zarten Öffnung hin und her schob.

«Es fühlt sich wundervoll an», sagte sie. «So weich. Erst warm, dann heiß.»

«Sag mir, wenn es dir kommt.»

Doch es brauchte keine Worte; er spürte es auch so – eine Spannung, die in ihren Füßen einsetzte und sich durch ihren Körper fortsetzte. Kurz bevor sie den Höhepunkt erreichte, drang er in sie ein. Es war ein wilder Ritt, und sie bockte und wand sich hemmungslos unter ihm und riss ihn mit sich mit.

Hinterher ging er ins Bad und wusch sich, dann brachte er ihr einen feuchten Waschlappen. Er küsste sie auf die Stirn.

«Wo willst du hin?»

«In meine Kabine, noch ein paar Stunden schlafen.»

Sie blickte zum Bullauge, hinter dem der Morgen dämmerte. «Es wird schon bald hell.» Sie unterdrückte ein Gähnen.

Er nickte und zog Jeans und Hemd an. «Wir sehen uns bei der Hochzeit.»

Als Sloan die Tür hinter sich schloss und über den Gang schritt, fragte er sich, weshalb er nicht die gewohnte Erleichterung verspürte, seiner Sexpartnerin entkommen zu sein.

4

Sloan schloss die Tür auf und schaltete die Kabinenbeleuchtung ein.

«Was zum –» Sein Vater wälzte sich fluchend auf dem zweiten Bett herum.

«Was zum Teufel machst du hier?» Sloan trat in die kleine Kabine und nahm die Armbanduhr ab.

«Deine Mutter hat die abergläubische Vorstellung, man dürfe sich in der Nacht vor der Hochzeit nicht sehen. Ich habe den Steward gebeten, mich in deine Kabine zu lassen. Hab mich schon gefragt, wo du abgeblieben bist.»

«Nur um das mal festzuhalten, die Sonne geht gerade auf, und es ist dein Hochzeitstag.»

Wo hast du gesteckt?»

«Im Casino.»

Rake warf mit einem Kissen nach Sloan. «Spiel ruhig den galanten Liebhaber, aber lüg deinen alten Vater nicht an. Ich war bis um drei Uhr dort.»

«Wie ist es gelaufen?»

«Wahrscheinlich weniger gut als bei dir.»

Sloan musste unwillkürlich lächeln. «Man sieht's mir an, wie?»

«Der Name Cassidy Ferrill steht dir ins Gesicht geschrieben.»

Sloan hatte immer noch ihren Geschmack auf der Zunge. «Ich musste sie für jahrelange Vernachlässigung entschädigen. Hast du für mich an deinem Hochzeitstag vielleicht ein paar Weisheiten über Frauen auf Lager?»

Rake zuckte mit den Schultern und wälzte sich aus dem Bett. «Du machst doch sowieso, was du willst. Du und Steele, ihr habt es schon immer so gehalten.» Er ging ins winzige Bad und stellte die Dusche an. «Außerdem steht es mir wirklich schlecht an, dir einen Rat zu erteilen!», übertönte Rake das Wasserrauschen.

«Seh ich auch so.» Sloan schälte sich aus seinen Kleidern, stellte den Wecker und fiel ins Bett.

Als er geschlafen und geduscht hatte, stolperte Sloan in eins der Bordrestaurants, schob einen Stuhl an den Tisch, an dem sein Großvater und Louise saßen, bedeutete dem Kellner, ihm Kaffee zu bringen, und unterdrückte ein Gähnen, als er den Zucker einrührte.

«Spät geworden?», fragte Gramps mit einem Blick, dem nichts entging.

«Ich habe nicht viel Schlaf bekommen.»

«Ihr jungen Leute», meinte Louise. «Cassidy hat auch noch geschlafen.»

Da er mitbekam, wie James' Augen aufleuchteten, fragte Sloan, um ihn abzulenken: «Wann findet die Hochzeit eigentlich statt?»

«Um elf. Ich sollte mich allmählich mal fertig machen.» Louise trank noch einen Schluck Tee, dann erhob sie sich und ging weg.

«Wieso findet die Hochzeit am Vormittag statt?», fragte Sloan seinen Großvater.

«Hat wohl was mit dem Licht für die Außenaufnahmen zu tun. Oder mit dem Sektfrühstück. Aber was soll's? Wir Männer tun, was man uns sagt.»

«Kann schon sein.» Sloan rührte im Kaffee und starrte in dessen unergründliche Tiefe.

«Du kannst es ebenso gut erzählen, bevor du davon Magenschmerzen bekommst.»

«Wovon redest du?»

«Ich merke halt, wenn euch was bedrückt. Dich und Steele.»

«Ja, da hast du wohl recht.» Sloan blickte an die Decke und wählte seine Worte mit Bedacht. «Als wir noch klein waren, bist du niemals über Nacht weggeblieben. Es sind auch keine Frauen bei dir über Nacht geblieben. Wolltest du das nicht, oder war es wegen uns?»

James grinste. «Ihr Jungs wart eine prima Ausrede.»

«Das ist keine Antwort auf meine Frage.»

«Wenn man gar nicht erst ins Bett steigt, hat man hinterher auch keine Mühe, wieder rauszukommen.»

«Herrgott, Gramps!» Sloan stiegen unerwünschte Gedanken hoch. «Nicht auf leeren Magen.»

Sein Großvater ließ ein schmutziges Lachen vernehmen. «Es gab schon Damen, die es gern gesehen hätten, wenn ich die Nacht über bei ihnen geblieben wäre. War nicht besonders gentlemanlike, ihnen falsche Hoffnungen zu machen.»

Sloan nickte. «So seh ich das auch. Was ist anders mit Louise?»

«Vielleicht habe ich mich ja geändert, hast du daran schon mal gedacht?»

«Ich kann nicht erkennen, dass du's langsamer angehen lassen würdest.»

«Im Leben eines jeden Mannes kommt irgendwann der Moment, in dem er begreift, dass eine gute Frau alles ist, was er braucht.» Er stupste Sloan scheu mit dem Ellbogen an. «Bis es so weit ist, kann man im Süßwarenladen nach Herzenslust naschen.»

Sloan trank einen Schluck Kaffee. «Cassidy hat mir ein verrücktes Angebot gemacht. Für die Dauer der Kreuzfahrt sind wir ein Paar, dann gehen wir ohne Reue auseinander.»

«Scheint so, als würdest du ihr das nicht ganz abnehmen.»

«Ich weiß nicht, was ich glauben soll.»

«Es spricht nichts dagegen, Erfahrungen zu machen, an die man sich später gern erinnert. Und das ist die perfekte Gelegenheit dazu.» Er reichte Sloan einen Schlüsselring.

«Was ist das?»

«Der Eingang zu einer Welt hinter verschlossenen Türen: der Grund, weshalb die Kreuzfahrtlinie Fantasy Cruise heißt.»

Sloan betrachtete fasziniert die Schlüsselsammlung. Er hatte schon viel über die Fantasy-Kreuzfahrten gehört, bei denen der Phantasie keine Grenzen gesetzt waren.

«Louise hat gemeint, ich hätte ihre Phantasien bereits wahr gemacht. Und in unserem Alter fühlen wir uns in einem weichen Bett am wohlsten.»

Sloan steckte die Schlüssel ein. «Dann gibst du mir also grünes Licht.»

Gramps erhob sich. «Was die Ferrill-Frauen haben wollen, das bekommen sie auch. Wünsche dir viel Vergnügen.»

Sloan blickte ihm kopfschüttelnd hinterher. Das Leben schlug schon seltsame Kapriolen.

Auf dem Rückweg zu seiner Kabine begegnete er seiner Mutter, die weniger ruhig und gesammelt wirkte als gewöhnlich. Schluchzend warf sie sich ihm in die Arme, was vollkommen untypisch für sie war.

«Die Hochzeit ist geplatzt! Was soll ich jetzt machen, Sloan? Was soll ich all den Gästen sagen?»

«Moment mal! Hey! Was redest du denn da?»

«Dein Vater. Ich weiß nicht, wo er steckt! Er ist die ganze Nacht weggeblieben. Er wird mich versetzen, ich weiß es einfach.»

«Mom, Dad war heute Nacht bei mir. Du selbst hast ihm gesagt, es würde Pech bringen, wenn man die Nacht vor der Hochzeit gemeinsam verbringt, und er hat auf dich gehört.»

Sie trat einen halben Schritt zurück. «Weshalb hat er mir das nicht vorher gesagt?»

«Wahrscheinlich hat er gemeint, das verstünde sich von selbst.»

«Die Verständigung war schon immer Rakes Schwachstelle.»

«Hast du uns nicht immer eingeschärft, Männer und Frauen würden unterschiedlich kommunizieren?»

Ihr Lächeln wurde breiter. «Soll das heißen, du hast dir zur Abwechslung mal etwas von mir zu Herzen genommen?»

«Hey, das ist für mich eine große Hilfe beim Umgang mit Frauen.»

«Auf dem Gebiet warst du noch nie auf Hilfe angewiesen.»

«Da Steele der Starke, Schweigsame, Unzugängliche war, sind die Damen immer kampflos an mich gefallen. Sie hatten keine Hemmungen, mich dazu zu benutzen, ihn auf sich aufmerksam zu machen. Für mich hat sich das ausgezahlt.» Er legte seiner Mutter den Arm um die Schultern. «Jetzt solltest du aber deine Brautjungfern suchen. Du musst dich auf die Hochzeit vorbereiten.»

Sie zögerte. «Es stört dich doch nicht, dass ich Cassidy eingeladen habe, oder?»

«Nein, Mom. Das stört mich überhaupt nicht.»

Das Problem war er selbst. Und die Tatsache, dass Cassidy anders war als die Frauen, die er bisher gekannt hatte. Nicht, dass er etwas bereut hätte; er war ein Genussmensch. Doch er hatte den Eindruck, die Verhaltensweisen, die er in der Vergangenheit vervollkommnet hatte, hätten ihn nicht vorbereitet auf das, was vor ihm lag. Und er vermochte das Gefühl nicht abzuschütteln, dass Cassidy irgendetwas vorhatte.

Als er an ihrer Kabinentür klopfte, herrschte in seinem Kopf noch immer Verwirrung. Obwohl sie ihm einen Schlüssel gegeben hatte, scheute er davor zurück, ihn zu benutzen.

«Ah, schön, dass du da bist. Hilfst du mir mal mit dem Reißverschluss?» Sie wirkte gehetzt, hatte Lockenwickler im Haar und Schweißtropfen im Gesicht.

«Ja, gern.» Er zog den Reißverschluss zu und ließ seine Hände auf ihrem runden Po ruhen.

Sie schob seine Hände weg. «Wir sind bereits spät dran.»

«Keine Sorge – Angel und Rake waren noch nie pünktlich.»

«Das heißt noch lange nicht, dass ich mich verspäten muss. Es ist deine Schuld, dass ich verschlafen habe.»

«Vielleicht kann ich das ja irgendwie gutmachen?»

«Untersteh dich!» Sie ging ins Bad und nahm im Gehen die Lockenwickler ab.

Er folgte ihr, lehnte sich an den Türrahmen und beobachtete, wie sie ihr Haar mit einer Bürste bearbeitete.

«Ich bin gerade eben meiner Mutter begegnet. Sie war ganz außer sich und wollte die Hochzeit schon absagen, weil mein Dad heute Nacht nicht bei ihr war.»

«Was?» Cassidy wandte sich jäh zu ihm um, ihr Mund ein rundes O.

«Ja. Sie hat zu ihm gemeint, es würde Pech bringen, wenn man die Nacht vor der Hochzeit zusammen ist, und dann ist sie ausgerastet, weil er tatsächlich auf sie gehört hat.»

«Ist jetzt wieder alles in Ordnung?»

«Bis zum nächsten Mal. Das geht bei denen schon lange so, damit vertreiben die sich ihre Zeit.» Er hielt inne. «Heute Nacht, das war toll, Cass. Aber wenn du es dir trotzdem anders überlegt haben solltest ...»

Sie straffte sich und stemmte die Arme in die Hüfte. «Willst du damit etwa sagen, ich würde den berüchtigten Sloan Hardt überfordern?»

Er lachte laut auf. «Geht es etwa darum? Willst du dir beweisen, dass du jeden Mann haben kannst?»

«Ich *kann* jeden Mann haben, den ich haben will. In dieser Woche bist zufällig du derjenige welcher», sagte sie.

Er zog sie an sich und küsste sie. «Da bin ich ja ein richtiger Glückspilz.»

Sloan geleitete Cassidy über den Mittelgang der Bordkapelle und führte sie neben ihre Mutter, dann nahm er in der vordersten Reihe neben Steele Platz. Es würde *nicht* so glatt ablaufen, wie sie sich das vorgestellt hatte. Sloan ließ sich nicht gern zum Narren halten. Cassidy suchte wiederholt seinen Blick, als versuchte sie, sich über seine wahren Motive klarzuwerden. Sie hatte erwartet, dass er sich auf Sex einlassen würde, ohne sich groß Gedanken zu machen, doch offenbar hatte er sich auch in dieser Hinsicht geändert.

Seitdem sie eine attraktive Frau geworden war, war sie es gewohnt, Männer scharfzumachen, was bis zu einem gewissen Punkt auch in Ordnung war. Jetzt aber wollte sie mehr, und deshalb spielte sie ihr Ränkespiel mit Sloan. Sie wollte, dass er sich in sie verliebte, damit sie ihre Verwandlung abschließen konnte.

Vergangene Nacht hatte sie einen Moment lang geglaubt, er sei dahintergekommen, dass sie mehr wollte, als dass er sich bei ihr die Hörner abstieß, doch so schlau war er denn wohl doch nicht. Seit wann war ein Mann denn imstande, über seine Nasenspitze hinauszublicken?

Die Luft duftete nach frischen Blumen, und im Publikum hatte sich erwartungsvolle Spannung breitgemacht. Als Cassidy den Kopf wandte, bemerkte sie, dass nicht alle Gäste in der kleinen Kapelle einen Sitzplatz gefunden hatten.

«Sieht so aus, als hätten sie das ganze Schiff eingeladen», bemerkte sie zu ihrer Mutter.

Die Musik setzte ein, und Angel schritt mit dem strahlenden Lächeln einer Braut an James' Arm über den Mittelgang.

Als Cassidy sich zu den glücklichen Paaren umschaute, die Zeugen von Angels und Rakes zweiter Heirat waren, verspürte sie eine große Genugtuung darüber, dass Sloan bei ihr war. Sie würde bekommen, was sie sich erhofft hatte. Der Kreis würde sich schließen.

Sloan war in den frühen Morgenstunden etwas überhastet aufgebrochen. Hatte er nicht neben ihr einschlafen und in ihren Armen aufwachen wollen? Vielleicht wäre es die ultimative Probe ihrer Fähigkeiten, wenn sie ihn dazu brächte, über Nacht bei ihr zu bleiben.

«Wollen wir?» Plötzlich stand er vor ihr, eine elegante Erscheinung im schwarzen Smoking, und reichte ihr den Arm. «Angel möchte vor dem Empfang unbedingt noch ein paar Fotos machen.»

Als sie sich an Deck der Familie anschlossen und Sloan sie zu der Gruppe zog, die der Fotograf gerade ordnete, sträubte sich Cassidy.

«Ich gehöre doch gar nicht zur Familie», wandte sie ein.

«Aber beinahe.» Er gab ihr einen langen Kuss, dann löste sie sich leicht benommen von ihm, unter dem Beifall der Anwesenden und dem Klicken der Kamera.

Obwohl es ihr nicht leichtfiel, wandte sie sich um und verbeugte sich, während Sloan anerkennend lächelte. Seine Bewunderung löste ein warmes, schwindelerregendes Gefühl in ihr aus, und das war nicht richtig. Sie brauchte niemandes Applaus, nur ihren eigenen.

Als die Fotos gemacht waren, ging es zum Brunch, und Sloan ließ sie allein und nahm am Kopfende des Tisches Platz.

Cassidy kostete den Sekt und dachte an ihr nächstes romantisches Zwischenspiel. Wie lange würde es wohl dauern, bis er ihr erlag und zu seiner Enttäuschung feststellen musste, dass sie seine Gefühle nicht erwiderte?

Als ihr jemand auf die Schulter tippte, zuckte sie zusammen. «Verzeihen Sie, Miss. Wenn Sie mir bitte folgen würden.» Der Steward reichte ihr eine gefaltete Notiz. «Von Ihrem Bekannten.»

Cassidy entfaltete das dicke Pergamentpapier mit dem Schiffslogo. «Komm zu mir, Cass.» Unterzeichnet mit S.

Der Steward geleitete sie zu einem Fahrstuhl, der sich nur mit einem speziellen Schlüssel öffnen ließ, dann fuhr er mit ihr zu einem Deck, auf dem sie noch nicht gewesen war, einem Labyrinth aus stillen Gängen mit gedämpfter Beleuchtung.

Vor einer Tür ohne Beschriftung blieb er stehen, klopfte einmal und zog sich unauffällig zurück.

Die Tür schwang auf, und Cassidy betrat einen dunklen Raum. Als ihre Augen sich an die Umgebung gewöhnt hatten, bemerkte sie, dass der Raum nicht vollständig dunkel war, sondern in leichtem Dämmerlicht lag. Leise Hintergrundmusik begrüßte sie und wurde lauter. Es war ein Countrysong, den sie nicht kannte. Als plötzlich ein mechanischer Bulle angestrahlt wurde, der in einiger Entfernung in der Mitte des Raums stand, schrak sie zusammen. Kaum hatte sie den ersten Schritt darauf zugetan, vernahm sie ein leises Sirren, und schon senkte sich eine Lassoschlinge auf sie herab und fesselte ihre Arme an ihren Körper. Dann wurde sie langsam nach vorn gezogen.

Sloan trat in den Lichtkreis, das andere Ende des Lassos in den behandschuhten Händen, sein Gesicht von der Krempe eines Stetson beschattet. Als sie ihm näher kam, bemerkte sie, dass er eine lederne Cowboy-Überhose und eine Lederweste trug. Darunter war sein Oberkörper nackt. Als er sie zu sich heranzog, zeichneten sich seine Arm- und Brustmuskeln deutlich ab.

Auf einmal hatte sie Herzklopfen und einen trockenen Mund. Sie leckte sich über die Lippen. «Wie es aussieht, bin ich dir auf Gedeih und Verderb ausgeliefert.»

«Woll, Ma'am», erwiderte er in gedehntem Cowboyslang.

Als sie seinen Blick erwiderte, erschauerte sie vor Erwartung, dann wandte sie sich dem mechanischen Bullen zu. «Willst du mir zeigen, was für ein geschickter Reiter du bist?»

«Genau das habe ich vor.»

Der Song endete, und es folgte eine bekannte Countryballade über eine tragische Liebe. Cassidy wusste, dass sie das Lied nie wieder hören würde, ohne sich an diesen Moment zu erinnern, an das prickelnde Gefühl der Erwartung, das durch ihre Adern strömte, während Sloan sie langsam umkreiste.

«Steig auf den Bullen und sieh mich an.»

«Erst musst du mich losmachen.»

«Na schön.» Er streifte ihr das Lasso ab, wobei er seine behandschuhten Hände genüsslich über ihre Hüfte und ihre Brüste wandern ließ, und als sie sich abwandte, um auf den Bullen zu steigen, gab er ihr einen Klaps auf den Po. Sie spürte den Handschuh durch ihr dünnes Seidenkleid hindurch, und ihr prickelte der Hintern, als sie sich breitbeinig auf dem schafsfellgepolsterten Sattel niederließ.

Plötzlich packte er ihre Hände und band sie hinter ihrem Rücken am Bullen fest.

«Wir wollen doch nicht, dass du runterfällst, nicht wahr?» Sloan trat vor sie hin und platzierte ihre Beine seitlich des Bullen. Das Kleid schob sich dabei hoch und entblößte ihre langen Beine. Sie kam sich verwegen, sexy und aufreizend vor. Ihr Blick ruhte erst auf seiner Brust, dann schaute sie auf den ausgewaschenen Jeansstoff seiner Hose, unter dem sich seine Erektion abzeichnete.

Mit den Zähnen streifte er einen Handschuh ab und fuhr mit den Fingerspitzen über ihre Beine, vom Knie bis zum Schenkel. Ihre Nippel wurden hart, als er ihrer Spalte immer näher kam. Sie wand sich ein wenig und ermunterte ihn, sich weiter vorzuwagen. Ihr feuchter Stringtanga scheuerte an ihrem Kitzler, und sie wollte, dass Sloans Finger seine Stelle einnahmen.

Sloan lächelte, als der mechanische Bulle sich unter ihr zu bewegen begann, ein sanftes Wiegen, das ihre Erregung weiter steigerte.

«Beug dich vor», sagte Sloan.

Im Vertrauen darauf, dass sie wegen ihrer festgebundenen Hände nicht herunterfallen würde, gehorchte sie.

«Oh!» Sie nahm schwache Vibrationen wahr, als hätte der Bulle genau an der richtigen Stelle einen Vibrator eingebaut.

«Magst du das?»

«Ja, sehr.»

Unter ihrem Po setzte eine zweite Vibration ein, und sie ging mit den Bewegungen des Bullen mit, schaukelte vor und zurück und genoss die Stimulation ihrer beiden erogenen Zonen.

«Das ist ausgesprochen wirkungsvoll», sagte sie. «Willst du nicht mitmachen?»

«Doch, aber zuerst will ich dir dabei zuschauen, wie du kommst.»

«Und ich muss dir dabei zuschauen, wie du mir zuschaust?», fragte sie, während sie rhythmisch vor und zurück schaukelte. Sie zerrte an den Fesseln, vermochte die Hände aber nicht zu befreien. Ihre Brüste verlangten nach einer Berührung, und sie war erfüllt von brennender Erwartung.

«Deine Nippel sind steif», sagte er mit belegter Stimme. «Sie zeichnen sich unter deinem Kleid ab.»

«Nimm sie in den Mund», sagte sie. «Saug dran.»

«Mit Vergnügen.» Er befeuchtete die seidenverhüllten Brustwarzen mit der Zunge, dann saugte er sie durch den dünnen Stoff hindurch und beknabberte sie.

Ihr Atem ging keuchend. Als Sloan herausfordernd mit der Hüfte ruckte, ertönte das Geräusch eines sich öffnenden Klettverschlusses.

Sein Cowboy-Anzug war ein Stripper-Kostüm! Mit einer Bewegung hatte er sich nahezu vollständig entblößt, und die Eichel seines erigierten Schwanzes streifte über ihren nackten Schenkel, als er sich ihrem Mund zuwandte. Er schob seine Zunge vor und zurück, als ahme er den Geschlechtsakt nach, und als sie zum Höhepunkt kam, schluckte er ihre Lustschreie, dann hielt er sie fest, während sie noch erzitterte und allmählich wieder zu Atem kam.

Als der Bulle langsam zum Stillstand kam, saß Sloan

auf und setzte sich rittlings vor sie. Er löste ihr die Handfesseln und legte ihre Hände auf sein Geschlecht, rieb sich damit und stimulierte gleichzeitig ihren Kitzler. Schließlich hielt sie es nicht mehr aus und senkte den Kopf auf seinen Schwanz.

Sie streifte mit den Lippen an seinem erigierten Schaft entlang, dann leckte sie mit der Zungenspitze über die Eichel. Sein Schwanz schmeckte nach ihr. Sie öffnete die Lippen ein wenig und nahm die Eichel in den Mund, was ihm ein Stöhnen entlockte.

Er fasste zwischen ihre Körper und streichelte Cassidy mit den Fingern.

Sie schmolz an seinen Fingerspitzen dahin, weich und angeschwollen und weit offen, und nahm seinen Schwanz ein Stück weiter auf, ließ ihre Zunge im Zickzack darüberwirbeln.

Er erschauerte, löste sich von ihr und zog sie auf seinen Schoß. Sie streifte Stringtanga und Kleid ab, setzte sich rittlings auf ihn und senkte ihr Becken langsam auf seinen Schwanz hinab. Dann schaukelte sie vor und zurück, während sein Ständer ganz leicht in ihr steckte.

Ihr unverwandt in die Augen schauend, legte er die Hände auf ihre Brüste. «Ich kann ebenso lange durchhalten wie du.»

«Wahrscheinlich länger.» Sie senkte sich vollständig auf ihn herab, was sich so gut anfühlte, dass ihr der Atem stockte.

«Mein Gott, Cassidy!» Er stieß sein Becken nach oben, sodass sie vollständig ausgefüllt wurde, aber dennoch nach mehr verlangte.

Sich mit beiden Händen auf seiner Brust abstützend, spürte sie, wie er in ihr vor und zurück glitt. Sie setzte ihre

Hände auf seine Schultern, um den Druck auf ihren Kitzler und den G-Punkt zu erhöhen.

«Lass mich noch einmal kommen!», flehte sie ihn an.

5

«Wie die Dame wünschen.» Er beobachtete, wie die Lust ihr Gesicht verwandelte: Sie hatte die Augen halb geschlossen, und ihre Lippen hatten sich aus Erwartung und Vorfreude zu einem Lächeln geöffnet. Er wurde von ihrer weiblichen Energie wie von einem perfekt sitzenden Handschuh umhüllt.

Sie begann zu keuchen, als sich ein weiterer Orgasmus aufbaute und ihre Bewegungen immer heftiger wurden, während sie dem ultimativen Höhepunkt der Lust entgegentrieb. Sloan fasste dorthin, wo ihre Körper feucht ineinanderglitten, und fand ihre angeschwollene Lustknospe. Er rieb sie mit dem Daumen und biss sich auf die Lippen, während sie sich stöhnend auf ihm wand und gellend aufschrie, als die Explosion der Lust sie mit sich riss und von ihm forttrug.

Anschließend erschlaffte sie, während ihre Spalte noch pulsierte. Er trank einen Lustseufzer von ihren Lippen und hielt sie in den Armen.

«Ich glaube, ich kann mich nicht mehr bewegen», murmelte sie.

Er schwieg.

«Bin ich zu schwer?» Da sprach das Pummelchen, das sie einmal gewesen war.

«Kein bisschen.» Er streichelte über ihren wundervoll gerundeten Po und zwickte sie leicht. «Meinetwegen könntest du ruhig etwas mehr Gewicht mitbringen.»

Sie straffte sich und versetzte ihm einen spielerischen Klaps auf die Brust, dann merkte sie, dass er immer noch steif war.

«Du bist noch nicht gekommen.»

«Ich habe keine Eile.»

Darauf bedacht, nicht aus ihr herauszugleiten, drehte er sie so herum, dass er an ihrem Nacken knabbern konnte. Er spürte, wie ihr ein Lustschauder über den Rücken lief, und folgte ihm, so weit es ging, mit der Zunge. Ihre Haut schmeckte salzig, und er genoss ihren Geschmack, während er ihre Brüste umfasste, deren Nippel sich sogleich wieder versteiften, und sie lustvoll aufstöhnte.

Während er mit ihren Brustwarzen spielte, hüllte ein neuer Schwall heißer Feuchtigkeit seinen Schwanz ein. Sie spürte es offenbar ebenfalls, denn sie fasste nach unten, streichelte abwechselnd seine Eier und spürte dem Samen nach, bevor sie behutsam seine Hoden liebkoste. Währenddessen stieß er die ganze Zeit mit bedächtiger Entschlossenheit in sie hinein. Sie genoss dieses Gefühl, denn sie schmolz dahin und zog sich pulsierend um seinen Schaft zusammen.

Als er das Tempo erhöhte, reagierte sie sofort. Er fasste sie bei den Hüften und steuerte ihren Rhythmus, bis er sich mit einem heiseren Aufschrei in sie ergoss. Cassidy legte ihm stützend den Arm um den Rücken und bog sich herausfordernd nach hinten, sodass ihre Brüste hervortraten, eine zu große Versuchung, um sie unbeachtet zu lassen.

«Fühlst du dich jetzt besser?», fragte er.

«Sehr viel besser», murmelte sie. «Gibt es auf dem Schiff noch andere solcher Räume?»

«Genügend, um alle denkbaren Phantasien auszuleben. Hey! Wo willst du hin?» Nahezu unbemerkt hatte sie sich aus seinen Armen gelöst und sich das Kleid angezogen.

«Ich möchte duschen.» Sie küsste ihn auf die Stirn. «Außerdem wäre es mir lieb, wenn wir beim Hinausgehen nicht zusammen gesehen würden.»

«Aber ...»

Sloan beobachtete, wie die Tür sich hinter ihr schloss. Hatte sie sich so ähnlich gefühlt, als er in den frühen Morgenstunden aus ihrem Bett geschlüpft war? Tat sie das absichtlich?

Nein, so war Cassidy nicht; wahrscheinlich hatte sie es genau so gemeint, wie sie es gesagt hatte. Er selbst hatte es weniger eilig, ihren Geruch von seiner Haut abzuwaschen, und schwelgte in ihrem Duft und Geschmack, während er überlegte, welche Phantasie er als Nächstes in Angriff nehmen sollte.

Schließlich schüttelte er diese Gedanken ab. Während er duschte und sich ankleidete, wurde ihm bewusst, dass er Cassidy vermisste. Und das Schiff war viel größer, als er gedacht hatte, denn er fand weder sie noch seine Familie. Erst im Spielcasino wurde er fündig.

Cassidy saß am Craps-Tisch, die Würfel in der Hand, das Gesicht vor Erregung gerötet. Neben ihr standen Rake und Steele.

Er ging zu seiner Mutter, die bei Gramps und Louise saß. «Sind die Flitterwochen schon vorbei?»

«Sloan, wo hast du gesteckt?»

«Hab mich ein bisschen auf dem Schiff umgesehen. Was habe ich versäumt?» Sloan gefiel es nicht, dass Steele so dicht bei Cassidy stand, was eigentlich dumm war, denn sein Bruder war ganz verrückt nach seiner Frau.

Angel wandte sich an Louise. «Cassidy ist ganz reizend. Ich wundere mich, dass sie noch immer ungebunden ist.»

«Ich befürchte, ihr Vater und ich waren nicht unbedingt

ein leuchtendes Beispiel für eine glückliche Ehe», seufzte Louise.

«Dich trifft keine Schuld.»

«Eine Mutter ist anfällig für Schuldgefühle.»

«Wo steckt eigentlich Montana?», fragte Sloan, um das Thema zu wechseln.

«Sie macht gerade ein Nickerchen.» Sie musterte ihn mit einem forschenden Blick, dem nichts entging. «Du siehst müde aus. Vielleicht solltest du dich vor dem Essen ebenfalls ein bisschen hinlegen.»

Eine prima Idee, falls er Cassidy dazu überreden könnte, ihm Gesellschaft zu leisten. Bei dem Gedanken an die nächste Phantasie, die sie gemeinsam entdecken würden, schoss ihm das Blut in die Lenden. Als sie sich ihm näherte, straffte er sich und hoffte, dass seine Reaktion unbemerkt bleiben würde. Mit leuchtenden Augen warf Cassidy eine Handvoll Chips auf den Tisch.

«Die Jungs meinen, ich soll mich auszahlen lassen, solange ich im Plus bin. Was meinst du, Sloan?»

«Da fragst du den falschen Hardt.» Kaum hatte er es ausgesprochen, wusste er auch schon, dass die Bemerkung schroffer klang als beabsichtigt. Cassidy raffte ihren Gewinn zusammen und wandte sich zur Kasse.

«Das war nicht nett, Sloan», meinte Angel vorwurfsvoll. «Sie wollte doch nur deine Meinung hören.»

«Woher zum Teufel soll ich das denn wissen?» Noch nie zuvor hatte eine Frau bei ihm eine solche Eifersucht geweckt. Er beobachtete, wie sie durch den Raum schritt, und wurde sich seines finsteren Blickes erst bewusst, als Montana sich zu ihnen gesellte.

«Was hast du denn, Sloan? Du siehst aus, als wär dir eine Laus über die Leber gelaufen.»

«Dad hat die ganze Nacht geschnarcht. Ein Glück, dass ihn jetzt Mom am Hals hat. Wie schaut's eigentlich mit dem Mittagessen aus?»

«Wir sind zum Captain's Dinner eingeladen.»

Sloan wollte Cassidy nicht mit seiner Familie teilen, geschweige denn mit einem anderen Mann.

«Was ist los mit dir?» Steele legte Montana liebevoll die Hand auf die Schulter, doch seine Frage war an Sloan gerichtet.

«Können wir uns einen Moment unterhalten? Unter vier Augen?»

«Ja, natürlich.»

Sloan geleitete seinen Bruder erst auf den Gang und dann in einen stillen Winkel des neben dem Casino gelegenen Gewächshauses. «Cassidy und ich sind ein Paar. Irgendwie.»

«Irgendwie, was soll das heißen?»

«Ich werde nicht schlau aus ihr. Erst ist sie so scharf auf mich, als wäre sie bis über beide Ohren in mich verknallt, und im nächsten Moment ist sie ganz abweisend und tut so, als wäre ich gar nicht da.»

«Montana war auch so.»

«Und wie bist du damit umgegangen?»

Steeles Gesicht nahm einen verträumten Ausdruck an. «Ich hab sie dazu gebracht, sich ihren Gefühlen zu stellen. Wenn eine Frau nicht aufrichtig zu sich selbst ist, kann sie auch einem Mann gegenüber nicht aufrichtig sein.»

«Cassidy möchte, dass unsere Affäre auf die Kreuzfahrt beschränkt bleibt und dass wir anschließend unserer Wege gehen.»

«Und das nimmst du ihr ab?»

«Anfangs schon. Jetzt bin ich mir nicht mehr so sicher.»

«Du musst sie dazu bringen, dir zu sagen, was sie wirklich will. Dann weißt du, woran du bist. Aber dafür musst du mit ihr allein sein.»

«Das ist in dieser großen Gruppe leichter gesagt als getan.»

«Du kannst sie immer noch kidnappen. Bei Montana hat das funktioniert.»

Sloan musterte seinen Bruder ungläubig. «Willst du mich verarschen?»

Steele schüttelte den Kopf. «Eines Abends habe ich sie mir geschnappt und von der Ranch mit all den Ablenkungen fortgeschafft.»

«Hmmm, vielleicht sollten wir das große Familiendinner am Tisch des Captains heute Abend sausen lassen.»

«Das wäre ein Anfang.»

Als er ihr ein romantisches Dinner-for-Two anstelle des Captain's Dinners vorschlug, erteilte Cassidy ihm eine Abfuhr. Als sie zum Essen erschien, sah sie hinreißend aus. Sie hatte sich das Haar locker hochgekämmt, und einzelne Strähnen umspielten ihren bezaubernden Nacken. Der Captain sah das offenbar ganz ähnlich, denn er nahm sie den ganzen Abend über in Beschlag, während in scheinbar endloser Abfolge ein Gang nach dem anderen aufgetragen wurde.

Alle am Tisch unterhielten sich äußerst angeregt, und anscheinend fiel es außer Sloan niemandem auf, dass der Captain Cassidy ständig berührte. Irgendwann warf sie den Kopf zurück und lachte lauthals über eine besonders witzige Bemerkung, dann beugte sie sich vor und legte dem Captain die Hand auf die Schulter, ihr Gesicht nur Zentimeter von seinem entfernt.

Sloan ließ die Gabel mit einem lauten Klirren auf den Teller fallen, was jedoch niemanden störte. Alle plauderten angeregt und amüsierten sich, und auf einmal wurde ihm klar, dass er von hier verschwinden musste, bevor er die Beherrschung verlor und nicht nur sich, sondern seine ganze Familie in Verlegenheit brachte.

«Entschuldigt mich», sagte er an die Allgemeinheit gewandt, erhob sich und ging weg.

Draußen blickte er zum Horizont, wo der pechschwarze Himmel ans Meer grenzte. Noch nie zuvor war ihm eine Frau dermaßen unter die Haut gegangen, und das gefiel ihm gar nicht.

Er beschloss, im Pool für die Erwachsenen etwas Dampf abzulassen und sich darüber klarzuwerden, welches Spiel Cassidy spielte. In der Cowboy-Suite war sie ganz bei der Sache gewesen, doch beim Dinner hatte sie mit dem Captain geflirtet, als wäre nichts passiert.

Vielleicht stimmte das ja auch. Er war es gewohnt, das Sagen zu haben und die Frauen warten zu lassen, bis er das Wann und Wo bestimmte. Jetzt war es umgekehrt, und Cassidy hatte die Situation unter Kontrolle, während er sie ständig um sich haben wollte und gereizt reagierte, wenn sie mit anderen Männern flirtete.

Er zog sich um, sprang in den menschenleeren Pool und schwamm ein paar Bahnen. Als er sich dem Rand des Pools näherte, berührte er mit dem Fuß etwas Weiches. Er hielt inne, streckte den Kopf aus dem Wasser und erblickte Cassidy als Wassernymphe.

Lachend spritzte sie ihm Wasser ins Gesicht, als wüsste sie genau, wie sehr sie ihn ärgerte und ihm gleichzeitig den Kopf verdrehte. Er packte sie und rieb sein Gesicht an ihrer reizenden Nackenbeuge, schwelgte in ihrem Duft und der Glätte ihrer Haut. Sie fühlte sich weich und warm an, und er schloss sie in die Arme, hob ihr Gesicht an und küsste sie.

«Wurde der Captain auf die Brücke gerufen?» Er hoffte, dass er nicht so eifersüchtig klang, wie er sich fühlte.

«Schließlich trägt er die Verantwortung für das ganze Schiff.»

«Wie schade.»

«Eigentlich nicht. Ihm macht das Spaß.»

«Und was macht *dir* Spaß?»

Sie stand auf den Zehenspitzen, ihre Hände ruhten leicht auf seinen Schultern. «Mir macht es Spaß, mit dir unter dem Sternenhimmel allein im Pool zu sein.»

Er schaute nach oben. «Erinnert mich an die Ranch. Ein weiter Himmel, viele Sterne.»

«Erinnert dich das noch an etwas anderes?»

Er wusste, worauf sie anspielte. «An den Abschlussball.» Sie hatten nackt im Fluss gebadet, mit den Sternen als Zeugen. «Damals war ich ein Blödmann. Ein selbstsüchtiges, unreifes Arschloch.»

«Das stimmt», pflichtete Cassidy ihm bei. Ihre Körperwärme brannte sich in seine Haut, genau wie vor so vielen Jahren. Er hätte sie in jener Nacht bedenkenlos entjungfert, ein solcher Narr war er gewesen. Zum Glück hatte sie das im letzten Moment verhindert.

«Hast du mir inzwischen verziehen?»

«Noch nicht. Noch nicht ganz.»

«Wie soll ich das wiedergutmachen?»

«Lass mich mal nachdenken ...» Sie legte den Zeigefinger an die Lippen.

«Komm schon, Cass. Wenn du möchtest, dass ich niederknie und mich entschuldige, dann sag es.»

«Warum sollte ich dich so glimpflich davonkommen lassen?»

«Willst du, dass ich leide, ist es das?»

Cassidy lächelte. Sie wollte, dass er ebenso am Boden zerstört wäre wie sie an jenem Abend. Damals hatte sie lange gebraucht, um sich von diesem Schock zu erholen.

«Hast du dir schon mal etwas sehr gewünscht, nur um es dir dann entgleiten zu lassen?»

Er schüttelte den Kopf.

«Das habe ich mir gedacht.» Sie wandte sich ab und schwamm ein paar Meter, dann hatte er sie eingeholt und zog sie im brusttiefen Wasser auf die Beine. Er schob die Finger unter die Schnürriemchen ihres Bikinihöschens, und sie erschauerte ob der auf sie überströmenden Hitze und des brennenden Verlangens in seinem Blick.

«Ich will dich.»

Das war immerhin ein Anfang, doch sie wollte mehr.

Sie legte ihre Hände flach auf seine Brust und betastete seine wohlgeformten Muskeln. «Was hält dich davon ab, deinen Wunsch in die Tat umzusetzen?»

Sie befreite ihre Brüste aus dem Bikinitop und küsste seine Brust. Ihre Nippel versteiften sich an seinen Brustwarzen, erregt von seinem drahtigen Brusthaar.

Als er ihre Nackenbeuge leckte, sammelte sich zwischen ihren Schenkeln eine angenehme Hitze. Sie langte nach unten und berührte seinen sich unter der Badehose versteifenden Schwanz, was ihm ein tiefes Stöhnen entlockte.

Sein Kuss war leidenschaftlich, heiß und gierig, und sie schwelgte in der schwindelerregenden Lust. *Das* war die weibliche Macht, nach der sie suchte: die Fähigkeit, einen Mann in ihren Händen in Wachs zu verwandeln. Und zwar nicht irgendeinen Mann, sondern Sloan Hardt.

Ihre Zungen fochten ein Duell aus, während sie die Hände in seine Badehose schob. Als sie den darin verborgenen Schatz berührte, stöhnte sie anerkennend.

«Das kannst du doch nicht machen!», sagte Sloan. «Nicht hier im Pool.»

«Warum nicht?»

Sie löste die eine Seite ihres knappen Bikinihöschens und schlang ihm die Beine um die Hüfte, sodass sie sich nun in Position befanden.

Sie im Rücken stützend, trug er sie zur Ecke des Pools. Als er ihr unter den Po fasste und ihre Hüften beugte, um in sie einzudringen, spürte sie die Mauer im Rücken.

Er füllte sie vollständig aus, was sich so toll anfühlte, dass ihr der Atem stockte.

Sie langte nach unten zu der Stelle, wo sie miteinander verbunden waren, berührte sich und gleichzeitig seinen stahlharten Schwanz, der sich zwischen ihren weichen Falten vor und zurück bewegte. Das Wasser schlug Wellen, als er das Tempo steigerte und den Winkel änderte. Mit der Fingerspitze streifte sie über den Kitzler und spürte, wie er anschwoll und den Höhepunkt ankündigte.

Als sie vom Orgasmus erfasst wurde, spannten sich all ihre Muskeln an, und sie sackte an ihm zusammen.

«Verdammt!», fluchte Sloan leise.

«Was ist?»

«Ich glaube, wir sind nicht mehr allein.»

Es war nicht einfach, sich unauffällig vom Pool zurückzuziehen, doch sie schafften es, ohne dass die Neuankömmlinge merkten, wobei sie sie gestört hatten. Cassidy wünschte ihm an der Kabinentür herzlich eine gute Nacht, und er ließ es dabei bewenden. Schließlich lag fast noch die ganze Reise vor ihnen.

Am nächsten Tag hatte er erstaunlich wenig Mühe, Cassidy zu überwachen und herauszufinden, dass sie für den späten Nachmittag einen Termin beim Friseur gemacht hatte. Dann wandte er sich an den Friseur, der begeistert einwilligte, bei der Verwirklichung von Sloans romantischer Phantasie behilflich zu sein.

Und so kam es, dass Sloan sich hinter den schweren burgunderroten Vorhängen versteckt hielt, bis Cassidy einshampooniert war und ihr die Kopfhaut massiert wurde. Dann trat er auf das vereinbarte Zeichen hin aus seinem Versteck und nahm die Stelle des Friseurs ein. Der Mann ging hinaus, schloss von außen ab und reckte für Sloan aufmunternd seinen Daumen nach oben.

Sloan grub die Hände ins schaumige Haar, während Cassidy vor dem Waschbecken mit geschlossenen Augen und einem seligen Gesichtsausdruck in einem luxuriösen, im Retrostil gehaltenen Friseurstuhl lag. Selbst wenn sie die Augen geöffnet hätte, wäre es ihr unmöglich gewesen zu erkennen, wer ihr die Kopfhaut massierte.

Sie wand sich wohlig und glitt im Stuhl etwas weiter vor. «Das fühlt sich wundervoll an. Es ist schon eine Wohltat, sich von jemandem das Haar waschen zu lassen.»

Behutsam fuhr er ihr mit den Fingern hinter die Ohren, strich daran entlang, zeichnete ihre Umrisse nach und liebkoste die Ohrläppchen, dann grub er seine Hände in ihr Scheitelhaar und fuhr mit den Fingernägeln vor bis zur Stirn und wieder zurück. Er ließ seine Finger zärtlich kreisen und begann am Nacken, dann konnte er der Versuchung nicht widerstehen, auch ihren Hals einzubeziehen. Am Schädelansatz hatte sie zwei Verspannungsknoten, die er mit seinen vom Shampoo feuchten Fingern fachmännisch bearbeitete.

Als Cassidy seufzend ausatmete und die Schultern bewegte, wäre es beinahe um ihn geschehen gewesen. «Sie machen das wunderbar. Sie sollten eine zweite Karriere als Masseur beginnen.»

Er drehte das Wasser auf, weil er hoffte, dass sie seine Stimme auf diese Weise nicht gleich erkennen würde. «Ich bin so ganz zufrieden.»

«Ich auch.»

Er ließ sich Wasser über die Hand laufen, um zu prüfen, ob es nicht zu heiß war. Dann richtete er den Wasserstrahl auf ihr Haar, trennte die dicken, nassen Strähnen und schaute zu, wie die schillernden Schaumblasen zerplatzten. Er beobachtete, wie sich ihre Brust im Rhythmus ihres Atems hob und senkte, und stellte fest, dass sie keinen BH unter dem engen Trägertop trug. Mit dem Handrücken streifte er ihr imaginäre Schaumblasen von der Wange und strich ihr das Haar aus der Stirn.

Er ließ das Wasser weiter laufen und spülte ihr Haar. Seine Hand wanderte derweil vom Nacken zu den Schulterblättern und dann nach vorn, wo sie Schultern und Schlüsselbein liebkoste.

Verwundert öffnete sie die Augen und setzte sich auf. «Was machen Sie denn da?» Zu spät wurde ihm bewusst, dass sie ihn in den Wandspiegeln sehen konnte. «Wo ist Jon?»

«Der ist mal eben rausgegangen. Ich vertrete ihn.»

Blitzschnell drehte sie sich um, packte die Brause und richtete sie auf Sloan.

«Hey!», rief er.

Cassidy lachte. «Das wird dir eine Lehre sein.»

«Dieses Spiel kann man auch zu zweit spielen.» Er rangelte mit ihr und bekam die Brause zu fassen, doch da waren sie schon beide nass. Das Top klebte ihr am Leib, sodass sich ihre Brüste reizvoll darunter abzeichneten. Wie aufs Stichwort spielte die Musikanlage ‹I'm Gonna Wash That Man Right Outta My Hair› von Ella Fitzgerald.

«Wie passend.» Sie schnappte sich ein Handtuch und rieb sich damit vergeblich das fleckige Top ab, dann rubbelte sie sich den Kopf, bis ihr die feuchten Haare zu Berge standen.

«Vielleicht sollte ich wirklich über eine neue Karriere nachdenken.» Er tippte den Fußhebel des Stuhls an, und Cassidy kreischte auf, als ihre Füße angehoben wurden. «Schließlich hast du mir ja bestätigt, dass ich gut massieren kann.»

«Beweis es», sagte sie mit belegter Stimme.

Er ließ sich nicht lange bitten, sondern zog ihr die Sandalen aus und legte die Hände um ihren anmutigen nackten Fuß. «Wusstest du, dass jeder Fuß siebzehntausend Nervenenden hat?» Er fuhr mit dem Daumennagel über die Fußsohle. Während sie erregt erschauerte und eine Gänsehaut bekam, massierte er ihr langsam den Fuß von der Ferse bis zu den Zehen und betrachtete ihr Spiegelbild aus verschiedenen Perspektiven.

«Ich kann dir gar nicht sagen, wie froh ich bin, dass du mir das Haar gewaschen hast.»

«Ach, wirklich? Wieso das?»

«Ich wurde allmählich scharf und habe mich einer Phantasie hingegeben. Mit einem schwulen Friseur hätte ich die freilich nicht umsetzen können.»

«Ich möchte mich dafür entschuldigen, dass ich ein solcher Trottel war.»

«Welches Mal meinst du?»

«Autsch!» Er zuckte zusammen. «Aber das geschieht mir ganz recht. Wie wär's, wenn ich's wiedergutmachen würde?» Er ließ seine Hände von ihrem Fuß zur Kniekehle hochgleiten.

«Woran hast du denn da so gedacht?»

Sloan richtete sich auf und schaltete die Deckenbeleuchtung aus, sodass der Raum nur noch von einem halben Dutzend Duftkerzen erhellt wurde, deren mildes Licht über die cremefarbenen Wände tanzte und von den Spiegeln zurückgeworfen wurde. Cassidy beobachtete mit großen Augen, wie er ein Handtuch in Streifen riss.

«Vertraust du mir, Cass?»

Sie nickte, ohne ihn aus den Augen zu lassen.

Sloan schwenkte die Armlehnen im Neunzig-Grad-Winkel zum Stuhl ab. Dann band er ihr die Arme daran fest, und zwar so locker, dass sie sich auch aus eigener Kraft hätte befreien können. Er wollte ihr keine Angst machen.

«Dann bist du also scharf geworden, wie?» Als er mit seinen Fingern ihre weiche, glatte Achselgrube streichelte, versteiften sich die Nippel unter ihrem feuchten Top. Seine Finger wanderten zum Schlüsselbein weiter, dann verschwanden sie im Ausschnitt des Tops und streichelten ihre vollen Brüste.

Ihr stockte der Atem, und sie leckte sich mit der Zungenspitze über die Lippen. Langsam senkte er den Kopf und beobachtete, wie ihre Lippen sich erwartungsvoll öffneten, dann überlegte er es sich anders und wandte sich wieder ihren Füßen zu.

Er nahm eine Flasche mit Körperlotion von der Ablage und cremte ihr Füße und Beine ein, dann massierte er die straffen Muskeln und die weiche, faltenlose Haut, machte aber knapp vor dem Saum ihres kurzen Jeansrocks halt.

Dem schmalen Streifen blanker Haut zwischen Rockbund und Top konnte er nicht widerstehen. Er streichelte sie von Hüfte zu Hüfte und umkreiste ihren Nabel, dann wanderten seine Finger zu den Brüsten hoch.

«Sloan …»

«Psst …»

Er beugte sich über sie und folgte mit Lippen und Zunge dem Weg, den seine Fingerspitzen vorgezeichnet hatten. Er leckte und beknabberte ihren festen Bauch, näherte sich allmählich ihren Brüsten und saugte durch den dünnen, feuchten Stoff hindurch an ihren Nippeln.

Dann legte er sich auf sie und staunte darüber, wie perfekt sich ihre Rundungen und Konturen seinem Körper anpassten. Ihr Mund war erwartungsvoll geöffnet, ebenso erhitzt und verlangend wie der seine. Er rollte das Becken, damit sie seinen Ständer spüren konnte, küsste sie und wurde mit einem kehligen Stöhnen belohnt, während sie die Hüften hob, um den Druck zu erhöhen.

Er schob das Top nach oben und entblößte ihre Brüste, machte sich gierig über sie her, rollte die Nippel zwischen Lippen und Zunge und kniff sie behutsam mit den Zähnen. Cassidy wand sich stöhnend unter ihm und zog an den Fesseln, um ihm noch näher zu kommen.

Abermals hielte er inne und glitt an ihr hinunter, schob die Daumen unter den Rock und ihren Slip und streifte ihr beide Kleidungsstücke ab.

Er schob ihre Beine auseinander und bewunderte das Venusdreieck, das die rosige Weichheit ihres inneren Geschlechts verbarg.

Zwischen ihren Beinen kniend, hob er ihr Bein an, ließ seinen Mund nach oben wandern, vorbei am Knie zur weichen Haut an der Innenseite des Schenkels.

Sie erschauerte vor Verlangen und atmete keuchend, offen für ihn, weich und empfänglich, zitternd vor Begierde.

Er zeichnete mit den Fingern einen unsichtbaren Pfad, der zwischen ihren Brüsten hindurch über ihre Brust und den Bauch zum Venushügel führte. Als er dort ankam, presste sie die Beine um seine Hand zusammen.

Sloan schüttelte den Kopf. «Zwing mich nicht, dir die Beine zu fesseln.» Nach einem kurzen Zögern spreizte sie die Beine wieder. Als er ihre weichen inneren Blütenblätter streichelte, wurden seine Finger augenblicklich feucht.

«Na, na. Du bist ja ganz nass. Vielleicht sollten wir dich mal abtrocknen.» Er stellte den Föhn auf niedrige Leistung und richtete den warmen Luftstrahl erst auf ihre feuchten Brüste und dann auf ihr Schatzkästlein.

Mit einer Hand streichelte er sie, mit der anderen lenkte er den Luftstrahl. Sie wand sich unter ihm, strebte nach Erleichterung und wand sich aufreizend mit ihrem Becken, was ihn beinahe geschafft hätte. Er legte zwei Finger auf ihre Öffnung und quälte sie mit der Nähe seiner Finger. Cassidy zerrte an den Fesseln und kam ein Stück näher, bis seine Finger in ihr steckten. Er bewegte sich nicht, sondern ließ sie seine Hand ficken, der sie sich heiß und nass entgegenstemmte.

Er legte den Föhn weg und spürte, wie ihre Muskeln sich um seine Hand zusammenzogen, dann zog er die Hand von ihrem frustriert pulsierenden Kitzler zurück.

Er verlangte danach, von ihr zu kosten, und ihr ekstatisches Stöhnen hallte in seinen Ohren.

Behutsam streifte er mit den Lippen über ihre weiche Muschi und den pulsierenden Kitzler, die zitternden äußeren Schamlippen, die rosigen inneren Lippen und ihre wollüstige Öffnung. Als er die Zunge hineinschob, begann sie unter ihm zu zucken.

Er machte weiter, während der Orgasmus abflaute, und erzeugte neue Wellen des Begehrens, bis sie unter einer zweiten Lustwoge erschauerte, die sogleich von einer dritten gefolgt wurde. Ihr Stöhnen steigerte sich zu einem Schreien, dann zu einer Aufforderung und schließlich zu einem verzweifelten Flehen.

Er öffnete seine Jeans und kniete zwischen ihren Beinen nieder, legte sie sich auf die Schultern und drang in sie ein.

Er hörte ihre Lustschreie und spürte, wie ihr Körper seinen Schwanz willkommen hieß.

Aus seiner Position hatte er freie Sicht und konnte in den Spiegeln beobachten, wie sich sein Schwanz vor und zurück bewegte, erst langsam, dann schnell und schließlich wieder langsam, obwohl sie sich bemühte, die Kontrolle zu übernehmen und die Hüften hin und her schob, um den Druck zu erhöhen.

Er legte die Hände um ihren Po und hob ihr Becken, um noch tiefer eindringen zu können. Ihr kehliges Stöhnen wurde gefolgt von einem innerlichen Erschauern, das ihren nahenden Orgasmus ankündigte. Er biss sich auf die Unterlippe und hielt Cassidy fest, wartete darauf, dass sie kam, um seinen Orgasmus darauf abzustimmen. Gemeinsam schwangen sie sich zum höchsten Gipfel empor, dann sanken sie langsam wieder zur Erde nieder.

Er lag auf ihr und lauschte auf ihren rasenden Herzschlag. Offenbar hatte sie die Fesseln abgestreift, denn auf einmal spürte er, wie sie ihm mit den Fingern durchs Haar fuhr.

Nach einer Weile glitt sie unter ihm hervor, schlüpfte in den Rock und richtete das Top. «Heute beim Dinner werde ich schrecklich aussehen», meinte sie seufzend.

Er folgte ihrem Beispiel, richtete sich auf und schloss den Reißverschluss seiner Jeans. «Da habe ich wohl noch etwas gutzumachen.»

6

Cassidy warf einen letzten Blick in den riesigen Spiegel. Seltsamerweise war ihr keine Veränderung anzusehen. Eigentlich hätten die Sexspiele im Schönheitssalon unauslöschliche Spuren hinterlassen müssen. Aber vielleicht hatte sie ja eine gespaltene Persönlichkeit, Cassidy mit und ohne Sloan.

Sie seufzte. Sie hatte gehofft, die Begegnung mit Sloan würde ihr Genugtuung verschaffen und ihre Wandlung vom Pummelchen, über das sich die Jungs lustig machten, zur Frau, die alle Männer begehrten, abschließen. Stattdessen brachte Sloan anscheinend nur neue Verwirrung, und sie war einer Entscheidung hinsichtlich Tony kein Stück nähergekommen. Der geduldig wartende Tony, der sie heiraten wollte; eigentlich war es unfair, ihn warten zu lassen.

Als sie auf den Gang trat, begegnete sie Sloan.

Er trat einen Schritt zurück, musterte sie von oben bis unten und stieß einen anerkennenden Pfiff aus. «Du siehst scharf aus.»

«Ja, nicht wahr?» Sie fuhr mit der Hand über Taille und Hüfte. «Es ist seltsam, aber manchmal, wenn ich in den Spiegel schaue, wundere ich mich noch immer, dass ich nicht das Pummelchen vor mir sehe, das ich einmal war. Wahrscheinlich weißt du das noch nicht, aber als ich abgenommen habe, hat Janine mir die Freundschaft aufgekündigt.»

«Ich dachte, Mädchen würden nur mit Jungs Schluss machen.»

«Sie kam nicht damit zurecht, wie die Männer mich ansahen, denn sie war es gewohnt, ständig im Mittelpunkt zu stehen.»

Er nickte. «Janine hat tatsächlich viel Zuwendung gebraucht.»

«Und die hat sie auch bekommen. Komisch, nicht wahr? Sie hat mich zum Abschlussball geschickt, damit ich ein Auge auf dich habe und die anderen Mädchen von dir fernhalte, und dann hast du ersatzweise mich angebaggert.»

«Hey! Du hast mir erzählt, du wärst noch nie geküsst worden. Dem wollte ich abhelfen.»

«Wir haben uns nicht nur geküsst», rief Cassidy ihm in Erinnerung.

«Ich war voll mit Hormonen. Willst du mir etwa ankreiden, dass ich es gewohnt war, so weit zu gehen, wie die Mädchen es zuließen? Ich konnte ja nicht wissen, dass du Schuldgefühle bekommen und Janine alles brühwarm erzählen würdest.»

«Gute Freundinnen haben keine Geheimnisse voreinander.»

«Und ich habe immer geglaubt, du hättest Janine deshalb dazu gebracht, mit mir Schluss zu machen, weil du sie für dich allein haben wolltest.»

Cassidy errötete unwillkürlich. «Bestimmt nicht. Aber wer will schon einen Freund haben, der fremdgeht?»

«Du willst dich doch nicht etwa einfach nur rächen?»

«Ach was. Ich tobe mich noch einmal aus, bevor ich heirate.»

«Du willst heiraten?», japste er.

«Genau», bestätigte sie in der Hoffnung, dass sich ihr Einsatz auszahlen würde. Männer verlangten immer nach dem, was sie nicht haben konnten. Jetzt, da er wusste, dass sie vergeben war, würde er sie umso heftiger begehren. «Wohin gehen wir eigentlich?» Sie hatte nicht auf den Weg achtgegeben, und plötzlich wurde ihr bewusst, dass sie längst im Speisesaal hätten angekommen sein müssen.

«Eine Abkürzung», meinte Sloan und verstärkte seinen Händedruck. «Wieso hast du mir nicht gesagt, dass du verlobt bist?»

«Es ist noch nicht offiziell. Der Weg kommt mir keineswegs kürzer vor.»

«Ich möchte dir etwas zeigen.»

Plötzlich hatte sie ein Déjà-vu. Die gedämpfte Beleuchtung. Die Stille. Die Türen ohne Beschriftung. «Etwa eine weitere Phantasie-Suite?»

«Du hast es erraten.» Sloan schloss eine Tür auf und geleitete sie in den Raum. Als die Tür sich schloss, setzte eine Bewegung ein. Zumindest fühlte es sich so an, als bewegten sie sich. Cassidy stockte der Atem, denn sie hatte das Gefühl, in einem Fahrstuhl nach oben zu fahren. Draußen vor dem Fenster fiel der Boden in einem verrückten Winkel und mit schwindelerregender Geschwindigkeit zurück.

Sie hob zeigend Hand. «Das sieht aus wie der Arc de Triomphe. Sind wir etwa in Paris?»

«In der Tat.»

«Und wir fahren den Eiffelturm hoch. Wie aufregend!» Cassidy drückte sich die Nasenspitze an der Fensterscheibe platt. Sie hatte davon gehört, dass man mit dem Fahrstuhl bis in die Spitze des Eiffelturms fahren könne, ein Erlebnis, das nachts, wenn der Turm von Hunderten Lichtern erhellt wurde, besonders eindrucksvoll sei; eine Reise in ein phantastisches, atemberaubendes Märchenland.

Der Fahrstuhl kam zum Stehen, und die Tür glitt lautlos auf. Cassidy und Sloan traten hindurch und stellten fest, dass ringsumher die Pariser Skyline ausgebreitet war. «Das ist also der Ausblick von der Spitze des Eiffelturms.»

«Umwerfend, nicht wahr?»

«Aber das kann doch unmöglich das weltberühmte Restaurant sein, oder?» Unmittelbar vor ihnen stand nämlich ein Bistrotisch mit intimer Kerzenbeleuchtung, Blumenschmuck und einem silbernen Eiskübel mit Sektflasche.

«Wir befinden uns sogar ein Stockwerk über dem Restaurant. Ich habe mal auf gut Glück ein Dinner bestellt.»

Cassidy wandte sich erstaunt zu ihm um. «Weshalb weiß ich erst dann, was ich wirklich will, wenn du es mir zeigst?»

Sloan atmete erleichtert auf, was sie ausgesprochen liebenswert fand. Sie schloss ihn in die Arme. «Du warst dir nicht sicher, wie ich reagieren würde, hab ich recht?»

Er legte die Hände auf ihre Hüften, was sich gut anfühlte. «So leicht auszumachen bist du nicht.»

«Vorhersagbarkeit ist öde, deshalb weiß ich dein Bemühen zu schätzen. Ich habe mir schon immer gewünscht, zu einem romantischen Dinner entführt zu werden, bei dem ich nicht mal auf die Speisekarte schauen muss.»

«Dann solltest du heute eigentlich auf deine Kosten kommen.»

Sie umfasste die Revers seines Dinnerjackets und hob ihm das Gesicht entgegen. «Wie kommt es nur, dass du mich anscheinend besser kennst als ich mich selbst?»

Er legte seine Hände auf ihre Finger. «Was meinst du wohl?»

Sie rief sich in Erinnerung, dass Sloan die Frauen normalerweise in den Schoß fielen. Diese Kreuzfahrt war für ihn wahrscheinlich gar nichts Besonderes. «Ist das Champagner?»

«In der Tat.» Er löste sich von ihr und entkorkte die Flasche.

Es war schön, wenn ein Mann sich um alles kümmerte. Nicht ständig, aber in diesem Moment genoss sie es, sich einfach treiben zu lassen.

«Näher als in Las Vegas bin ich dem Eiffelturm noch nicht gekommen», sagte sie.

«Bei mir ist es das Gleiche.» Sloan drückte ihr ein Sektglas in die Hand. «Wir haben hier sogar romantische Musik.» In diesem Moment erschien in der Ferne das Hologramm eines Jazztrios, und in der simulierten Nachtluft erklang ‹Let's Fall in Love›.

In einmütigem Schweigen kosteten sie vom Champagner und lauschten dem Ständchen.

Cassidy fühlte sich in Sloans Gegenwart wohl und unbeschwert, war sich seiner Nähe aber dennoch deutlich bewusst. Seines Auftretens, seines Selbstbewusstseins, des rauchigen Timbres seiner Stimme. Ganz zu schweigen von dem Blick, der auf ihr ruhte und ihr weitere intime Freuden verhieß.

Ein Prickeln wanderte an ihren Waden und Oberschenkeln in die Höhe und durchflutete sie mit feuchter Wärme. War sie sich ihrer selbst als Frau jemals so bewusst gewesen? Sie hatte das Gefühl, Sloan habe ihre schlummernde Sexualität geweckt und sie werde nie wieder wie früher sein.

Er brach das nahezu andächtige Schweigen als Erster. «Weißt du schon, was du mit deinem großen Casino-Gewinn anfangen wirst? Eine Shoppingtour, wenn wir wieder an Land sind?»

«Kein Shopping.» Sie überlegte, ob sie Sloan von ihrem Traum erzählen sollte, einen Treffpunkt für junge Mütter zu gründen, sagte sich aber, es sei besser, Realität und Phantasie nicht zu vermischen. «Erzähl mir von Black Creek.»

«Anfangs war ich mir nicht sicher, ob es richtig wäre,

Gramps allein auf der Ranch weiterwerkeln zulassen, doch wie sich herausstellte, ist es so das Beste, und zwar für alle Beteiligten.»

«Wenn du dort noch leben würdest, wäre Mom niemals dort eingezogen.»

«So ist es. Und die Black Creek Ranch hat auf lange Sicht ein enormes Potenzial.» Er erzählte ihr von dem Haus, das er für sich baute, und seinem Plan, Black Creek in die produktivste Arbeits- und Ferienranch zu verwandeln. Seine Begeisterung war ansteckend.

Als er erwähnte, dass Steele zwar mit Montana auf der Ranch lebe, wegen seiner Arbeit aber zeitweise abwesend sei, wurde ihr klar, dass Sloan die Ranch alleine leitete.

«Als Heranwachsender hast du immer etwas in Steeles Schatten gestanden, nicht wahr?»

«Unsinn.»

«Das sehe ich anders. Damals habe ich das nicht begriffen; ich bin ein Einzelkind und habe mir immer ältere Geschwister gewünscht. Aber da Steele nur ein Jahr älter ist als du, war es bestimmt nicht einfach für dich.»

«Willst du damit andeuten, ich wäre nur zweite Wahl?»

Sie legte ihm die Hand auf den Arm und spürte, dass er die Muskeln angespannt hatte. «Überhaupt nicht. Du bist auf jeden Fall ein Mann, mit dem man rechnen muss. Du hast dich anders entwickelt als er, bist ihm aber wahrscheinlich ähnlicher, als du wahrhaben willst.»

«Ha – ich bin viel feinsinniger als er.»

Darüber musste sie lachen. «Ihr Hardts wisst überhaupt nicht, was das Wort ‹feinsinnig› bedeutet.»

Sie lehnte den Kopf an seine Schulter und kuschelte sich an ihn, während er den Arm um sie legte. Sie hatte das Gefühl, ewig so verharren zu können.

Als sie sich schließlich von ihm löste, fragte sie sich, ob sie sich das Bedauern, das sie bei ihm wahrzunehmen meinte, nur einbildete.

«Cass?»

«Das ist keine gute Idee – dass ich mich bei jemandem anlehne.»

«Du warst halt schon immer eine unabhängige kleine Eigenbrötlerin.»

«Ich wollte nicht wie meine Mutter werden.»

Er lachte. «Das ist so, als hätte ich Angst, wie Rake zu werden, wenn ich anfange, in Casinos herumzuhängen.»

«Und, würdest du werden wie er?»

«Bestimmt nicht. Wir sind alle froh und glücklich damit, unser eigenes Ding zu machen.»

«Und ihr seid immer füreinander da. Dazu ist eine Familie da.»

Er schwieg einen Moment. «Diese Art Familie hast du nie gehabt.»

«Aber ich will eine solche Familie haben, und das werde ich auch, wenn alles klappt.»

«Mit dem Typ, den du zu Hause gelassen hast», sagte Sloan mit tonloser Stimme. «Weiß er, dass du dich noch einmal austoben willst, bevor du einen Hausstand gründest?»

«Ich weiß schon lange, dass man auch mal den Mund halten muss. Außerdem hat er mir gesagt, ich soll mir ruhig Zeit lassen.»

«Er ist ein Idiot. Wenn du meine Freundin wärst, würde ich dich nicht aus den Augen lassen.» Er hatte so heftig gesprochen, dass sie unwillkürlich erschauerte. War sie tatsächlich imstande, eine solche Leidenschaft auszulösen? Ja! Genau darum ging es.

«Ich wusste gar nicht, dass du ein solcher Neandertaler

bist», meinte sie spöttisch. «Oder vielleicht hast du dir ja auch aus all den Mädchen, die du auf der Highschool hattest, nichts gemacht.»

Er grinste großspurig. «Das ist der Fluch der Hardts. Wir ziehen die Mädels halt magisch an.»

«Daran erinnere ich mich gut. Dass die Hardts wahre Herzensbrecher sind.»

«Wo wir gerade von gebrochenen Herzen sprechen, willst du deinen daheimgebliebenen Heiratskandidaten eigentlich noch lange zappeln lassen?»

«So einfach ist das nicht, Sloan.»

«Doch, ist es. Entweder du liebst ihn und willst den Rest deines Lebens mit ihm verbringen oder eben nicht.»

«Er ist ein richtig netter Mann.»

«Das klingt ganz schön halbherzig.»

«Ich weiß.» Sie seufzte. Aber Tony war halt ein Familienmensch, genau wie sie.

«Wenn ich mich in eine Frau verliebt hätte, würde ich ihr bis ans Ende der Welt folgen.»

«Du hast dich im Wochentakt verliebt, und dass du jemandem hinterhergelaufen wärst, habe ich nicht erlebt.»

«Und zwar deshalb, weil es nicht nötig war», meinte er frech, dann zog er sie an sich und küsste sie. In seinem Kuss lag eine tiefe, besitzergreifende Leidenschaft, ein Begehren, wie sie es bei Sloan niemals vermutet hätte, und das rührte sie.

Er grub seine Finger in ihr Haar, neigte ihren Kopf und schaute ihr tief in die Augen, als suchte er darin nach etwas. Vielleicht nach einer Sicherheit, die allein sie ihm geben konnte? Seine Augen waren blauschwarz wie der Mitternachtshimmel und gesäumt von dicken dunklen Wimpern.

Sie schlang die Arme um seinen Hals und spürte, wie

sich ihrer beider Herzschlag einander anglich. Sie seufzte schwer, als er sie abermals küsste, zärtlicher diesmal, jedoch so besitzergreifend, dass es ihr wie ein Aphrodisiakum zu Kopf stieg. Sie kam an ihn heran. Ihr Triumph war in greifbare Nähe gerückt! Wenn die Kreuzfahrt endete, würde er sie nicht mehr gehen lassen wollen, und sie würde einfach tschüs sagen.

Unvermittelt änderte sich der Charakter seiner Umarmung. Er fasste sie bei der Hand und begann mit ihr im Takt der Musik Walzer zu tanzen.

«Wie schön!», murmelte sie an seinem Hals und atmete den einzigartigen Duft seiner Haut, der Seife und des Aftershaves ein.

Sloan streichelte über ihre Hüften und ihren Po und drückte ihr Becken gegen seines. Als sie aufstöhnte und seinen Druck erwiderte, zog er sie enger an sich. Am liebsten hätte er ihr die Kleider vom Leib gerissen und sich in ihr verloren.

Unvermittelt hielt er inne. Er hatte sich noch nie in einer Frau verloren. Bis jetzt hatte er bei intimen Beziehungen immer eine gewisse Distanz bewahrt.

Wann zum Teufel hatte sich das geändert?

Ihre Enthüllung, dass es zu Hause einen Heiratskandidaten gebe, hatte ihn völlig unvorbereitet getroffen. Anscheinend stellte der andere keine große Bedrohung dar; trotzdem bot er Cassidy etwas, das Sloan ihr nicht bieten konnte: eine Familie. Und es wäre unfair gewesen, ihr die vorenthalten zu wollen.

Er kämpfte die blindwütige Eifersucht nieder, die in ihm brannte, widerstand dem Drang, sie sich zu unterwerfen und für alle späteren Männer zu verderben, nur damit sie ihn niemals vergaß.

Eifersucht!

«Bist du dir sicher, dass du ihm nichts von uns erzählen wirst?»

«Wem?»

«Mr. Geduldig, der daheim auf dich wartet.»

«Er heißt Tony. Und sei nicht albern. Natürlich werde ich ihm nichts erzählen.»

«Ihr seid noch nicht mal verheiratet, und schon habt ihr Geheimnisse voreinander.»

Sie schlug den Blick nieder. «Jeder hat Geheimnisse.»

«Ach ja? Und welche Geheimnisse verbirgst du vor mir?»

«Also, ich verfolge ein geheimes Ziel.» Durch gesenkte Wimpern sah sie zu ihm auf.

«Etwa auf der Spitze des Eiffelturms mit mir Sex zu haben?»

«Genau. Könntest du mir vielleicht helfen, diesen Wunsch in die Tat umzusetzen?»

«Mal sehen, was sich da machen lässt.»

Als die Türglocke ertönte, löste sich Sloan widerwillig von ihr. «Das wird das Essen sein. Wie wär's, wenn du Platz nehmen und die Aussicht genießen würdest?»

Zwei weißlivrierte Ober schoben zwei Wagen mit den Speisen herein. Sloan gab ihnen Trinkgeld und entließ sie.

Cassidy hob die einladenden silbernen Deckel. «Was gibt es denn?»

«Als Vorspeise Weinbergschnecken.»

Als Cassidy das Gesicht verzog, grinste er. «Habe ich dir auf dieser Reise schon mal ein Angebot gemacht, das dir nicht gefallen hätte?» Die Frage brachte er mit einem durchtriebenen, jungenhaften Grinsen vor; ihre Jugendliebe hatte sich in einen umwerfend attraktiven Mann verwandelt, der sie nur so dahinschmelzen ließ.

Sie tänzelte ihm entgegen und schwenkte herausfordernd die Hüften. «Die Reise ist noch lange nicht vorbei.»

«Touché.» Einen Arm um ihre Hüfte gelegt, nahm er mit geübter Hand eine Schnecke aus der Schale und schob sie ihr zwischen die Lippen.

Als sie die Schnecke einsaugen wollte, hielt er sie fest und spannte sie einen Moment auf die Folter, ehe er das Häppchen losließ. Mit dem von der Butter ganz schlüpfrigen Finger fuhr er ihr über die Oberlippe, während sie die Schnecke im Mund umherwälzte und Geschmack und Beschaffenheit erkundete. Butterig, stark mit Knoblauch gewürzt und ein bisschen fest.

«Gar nicht übel», sagte sie.

Er steckte sich ebenfalls eine Schnecke in den Mund und nickte zustimmend. Dann brach er ein Stück Baguette ab, tunkte es in die geschmolzene Butter und hielt es ihr hin. Sie biss davon ab und schwelgte im Kontrast von krosser Kruste, weichem Inneren und Buttersoße.

«Mhmmm.» Sie leckte sich die Lippen. «Womit wirst du mich als Nächstes füttern?»

Mit schwungvoller Gebärde hob er einen Deckel hoch. «Austern.»

Cassidy musterte den Teller. «Igitt. Die sind ja gar nicht gekocht. Das muss ein Versehen sein.»

«Das ist kein Versehen.» Er nahm eine Schale in die Hand, spritzte ein paar Tropfen Wodka darauf, tat eine Prise Meerrettich und etwas Zitronensaft dazu und schob sie sich in den Mund. «Mhmm! Köstlich! Jetzt bist du dran.»

Cassidy schüttelte den Kopf. «Ich ziehe gekochte Meeresfrüchte vor.»

«Du musst wenigstens mal probieren. Das ist ein natürliches Aphrodisiakum.»

«Und du machst dir Sorgen, ich könnte nicht mithalten, wie?»

Er grinste verschmitzt. «Also, ich habe Pläne, die dein ganzes Durchhaltevermögen erfordern werden. Komm schon, Cass», sagte er schmeichelnd. «Die hier ist ganz klein.»

Sie beäugte die Auster misstrauisch. «Muss ich sie kauen?»

«Mach damit, was du willst.» Er lockerte die Auster mit der Fingerspitze, hob die Schale an ihre Lippen und nahm sie wieder weg, als sie die Nase rümpfte.

«Wie du willst.» Er machte Anstalten, die Auster selbst zu verzehren.

Sie fiel ihm in den Arm. «Ich hab doch nur Spaß gemacht.»

Ohne sie aus den Augen zu lassen, saugte er die Auster aus der Schale, beugte sich vor und reichte sie an Cassidy weiter. Als sie kaute und schluckte, grinste er. «So isst man Austern.»

«Ich glaube, daran könnte ich Geschmack finden», meinte sie, nahm eine weitere Schale in die Hand und würzte sie mit ein paar Tropfen scharfer Soße.

«Was machst du da eigentlich?», fragte Sloan, als sie zur dritten Auster griff.

«Ich glaube, ich sollte jede Gelegenheit nutzen, dich auf dem Gebiet der Libido zu übertrumpfen.» Sie warf den Kopf in den Nacken und ließ die Auster wie einen Schluck Tequila die Kehle hinuntergleiten.

«Beim nächsten Mal bestelle ich gleich ein Dutzend», versprach er ihr.

«Mindestens», meinte Cassidy lachend.

«Ich glaube, wir sollten unsere Gaumen mit etwas Sorbet beruhigen, bevor wir uns dem nächsten Gang zuwenden.»

«Es hat dir richtig Spaß gemacht, das alles zu planen, stimmt's? Kochst du gerne?»

«Die Hardts haben ein Motto: Wenn du's nicht gut kannst, lass es sein. Ich wurde schon vor Jahren von allen Küchenaufgaben entbunden.»

«Es ist nie zu spät, etwas dazuzulernen.»

«Vielleicht wenn ich die richtige Lehrerin hätte –»

Sie tänzelte von ihm weg. Seine Äußerung war zu intim gewesen, denn sie zielte in eine Zukunft, die ihnen verschlossen war.

Es war leicht, sich ganz der Gegenwart hinzugeben und zu glauben, sie befände sich tatsächlich in Frankreich und diniere auf dem Eiffelturm, während ihr ganz Paris zu Füßen lag. Sie konnte die kleinen Boote sehen, welche die Seine entlangfuhren, die funkelnden Lichter an Deck und die speisenden und tanzenden Passagiere.

Die Vorstellung drängte sich auf, diese Intimität könne auch nach Anlegen des Schiffes weitergehen, doch das passte nicht in ihren großen Plan.

Sloan näherte sich ihr so leise, dass sie zusammenfuhr, als er sie am Arm berührte. Was war aus ihrem Instinkt geworden, der sie warnte, wenn er in der Nähe war?

«Wenn die Dame so freundlich wäre, der nächste Gang ist aufgetragen.»

Er hatte sich wie ein altmodischer Ober ein Tuch über den Arm gelegt. Er geleitete sie zum Tisch und rückte einen Stuhl für sie zurecht, dann nahm er ihr gegenüber Platz.

«Passionsfruchtsorbet», sagte er. «Das passt am besten.»

«Irgendetwas duftet köstlich. Was ist das?»

«Das ist der nächste Gang: Hummer. Dazu gibt es gefüllte Artischocken und mit Krabben gefüllte Pilze.»

Das Sorbet fühlte sich in ihrem Mund eiskalt an und hatte einen angenehmen Geschmack. Sie spülte es mit einem Schluck Champagner hinunter. Himmlisch dekadent.

Klirrend legte sie den Löffel ab. Wen versuchte sie eigentlich zu täuschen? Sie gehörte nicht hierher. Es war nicht richtig, ihre Phantasien mit dem Mann ihrer Träume auszuleben. Dabei verlor sie ihre eigenen Ziele aus den Augen, und das war schlecht.

«Was hast du?»

Sie rang sich ein Lächeln ab. «So märchenhaft und überzeugend der Traum auch sein mag, irgendwann werde ich daraus erwachen.»

«So warst du schon als Jugendliche.»

«Alte Gewohnheiten sind zäh.»

Sloan räumte ihren leeren Sorbetteller ab, schenkte ihr Champagner nach und servierte schwungvoll den nächsten Gang. Als er ihr Haar anhob und ihren Nacken entblößte, zuckte sie zusammen. Dann, als er ihr eine Serviette umlegte und mit den Fingern ihre empfindlichen Nervenenden streichelte, entspannte sie sich wieder. Lustschauer liefen ihr über den Rücken und wanderten bis in die intimsten Tiefen.

«Mal sehen, ob wir nicht neue Gewohnheiten einführen können.»

«Was machst du da?»

«Ich knacke für dich die Hummerschale.»

«Nein, tu das nicht; das Knacken der Schale ist doch schon das halbe Vergnügen. Aber du musst mir zeigen, wie man die Artischocken isst. Die sehen ja aus wie Disteln.»

«Schmecken aber besser, als man auf den ersten Blick meinen möchte.» Er zupfte ein fleischiges Blatt ab, tunkte es in die geschmolzene Zitronenbutter und hielt es hoch. «Versuch gar nicht erst, das ganze Blatt zu verspeisen. Nimm es zwischen die Zähne und drück das weiche Fruchtfleisch heraus, und zwar so.» Er zeigte es ihr. «Die haarigen Teile wirft man weg.»

«Wer mit dir speist, muss aufpassen, dass er nicht verhungert. Soll ich einfach irgendein Blatt abzupfen?»

«Je weiter man zum Kern vordringt, desto zarter werden sie. Das zarte Fruchtfleisch im Innern nennt man das Herz, und ich werde dir zeigen, wie man es isst.»

«Jetzt ist erst mal der haarige Teil dran.»

«Nur deshalb, weil er das köstliche, schmackhafte Herz beschützen muss.»

Es war, als redete er von ihr.

«Du hast die Speisenfolge genau geplant, nicht wahr? Du wolltest metaphorisch Schutzhüllen entfernen, bevor du zum eigentlichen Kern der Dinge vorstößt.»

Er lachte. «Das ist zu viel der Ehre, Cass. Ich habe einfach nur meine Lieblingsspeisen ausgesucht, die das Essen zu einem Erlebnis machen.» Er knackte eine Hummerschere, pulte das Fleisch heraus, tunkte es in ausgelassene Butter und reichte es ihr. Sie öffnete, ohne zu zögern, den Mund und ließ sich den Happen hineinschieben.

Unter munterem Geplauder verspeisten sie die Hummer, als plötzlich das Licht ausging. Der Eiffelturm und die Flussboote flackerten und verschwanden. Das einzige Licht spendeten nur mehr die Kerzen auf dem Tisch.

«Stromausfall in Paris?», bemerkte Cassidy.

«Wahrscheinlich eine technische Panne. Das Licht geht bestimmt gleich wieder an.»

Eine unheimliche Minute verstrich, dann ertönte ein Grollen, der Boden bebte, und King Kong erschien und streckte seine riesigen behaarten Pranken nach Cassidy aus.

7

Sie spürte den heißen Atem des Untiers auf der Haut. Sich mit einer Pranke am Turm festklammernd, stieß es ein ohrenbetäubendes Gebrüll aus. Cassidy beobachtete es fasziniert. Sie wusste, dass es nicht real war, doch als es sie mit seinen dunklen Tieraugen anstarrte, stockte ihr vor Angst der Atem. Sie krampfte die Hände um die Tischplatte, während sie eigentlich nur flüchten wollte!

Kong stieß erneut ein gewaltiges Gebrüll aus und schlug gegen die Stahlstreben des Turms. Der Tisch erbebte, und das Geschirr schepperte, und als das Schwanken stärker wurde, klammerte Cassidy sich an die Sitzfläche ihres Stuhls.

«Sloan!» Als die Kerzen flackernd erloschen, gewann der Fluchtimpuls bei ihr die Oberhand, und sie sprang auf.

Sloan erhob sich ebenfalls und stellte sich schützend zwischen sie und das Untier. Kong beugte sich vor und fixierte sie aus so großer Nähe, dass sie seinen Atem spürte. Unwillkürlich rückte sie näher an Sloan heran, der schützend den Arm um sie legte.

«Der ist nicht echt», meinte er beruhigend.

Gleichwohl barg sie das Gesicht an Sloans Hals, während Kong weiter seine Kapriolen vollführte. Bei Sloan fühlte sie sich sicher.

Plötzlich gab der Boden unter ihnen nach. Sie wurden von Kongs großer Pranke nach oben getragen, bis sie mit ihm auf Augenhöhe waren. Cassidy zitterte wie Espenlaub. «O Gott. Sag mir, dass ich mir das nur einbilde.»

«Komm.» Er fasste sie bei der Hand und drückte fest zu.

«Wo willst du hin?»

«Wir bringen uns mit einem Sprung in Sicherheit.»

«Sloan!»

«Vertrau mir. Hab Mut.»

«Okay.» Sie holte tief Luft und sprang mit ihm zusammen ins Leere. Es fühlte sich wirklich so an, als würden sie in die Tiefe stürzen, immer tiefer hinab. «Bist du sicher, dass wir nicht wie Alice ins Kaninchenloch fallen?»

«Halt dich fest, Cass. Ich passe schon auf.»

Der simulierte Fall endete mit einem harten Aufprall, der ihr den Atem verschlug.

Dann lichtete sich allmählich die Dunkelheit, die Sonne ging auf, und sie stellten fest, dass sie sich in einem wunderschönen tropischen Regenwald befanden, auf den gerade ein simulierter Regen fiel. Es war schwülwarm und duftete nach exotischen Blumen, und alles wirkte so real, dass Cassidy sich wunderte, dass ihre Kleidung und ihr Haar nicht feucht waren.

Sie schaute sich um. «Der Garten Eden?»

«Unser eigenes kleines Paradies. Wie jeder Ort, wo wir beide zusammen sind.»

Sie stutzte und ermahnte sich im Stillen, wachsam zu bleiben. Sloan verstand sich darauf, einer Frau das Gefühl zu vermitteln, sie sei etwas ganz Besonderes. Doch darauf würde sie nicht hereinfallen; diesmal sollte er den Kürzeren ziehen!

Sie kuschelte sich an ihn, schob die Hand in seine Tasche und fischte die Schlüssel für die Phantasie-Suiten heraus. «Jetzt bin ich an der Reihe, einen Schlüssel auszuwählen, und wir lassen uns überraschen, was wir hinter der Tür vorfinden werden. Bist du bereit?»

«Meinst du wirklich? Was ist, wenn der Raum nicht deinen Vorstellungen entspricht?»

«Ich glaube, damit komme ich schon klar.» Erregung wallte in ihr auf, als sie mit geschlossenen Augen die Schlüssel betastete und einen auswählte.

Er nahm ihr den Schlüssel aus der Hand. «Also los.»

Zunächst reagierte sie enttäuscht, als sie in eine kleine, schummrige Pianobar gelangten, die mit niedrigen, behaglichen Sofas und Sesseln ausgestattet war. «Soll ich's nochmal probieren?» Eigentlich hatte sie auf etwas Gefährlicheres, Prickelnderes gehofft, was mehr zu ihrer Stimmung passte.

«Mir gefällt's.» Der Mittelpunkt der Bar, ein kleiner Flügel, zog Sloan magisch an.

«Jetzt, wo unser Tête-à-Tête unterbrochen wurde ...» Sloan setzte sich an den Flügel und spielte ‹Piano Man›. Wer *war* Sloan Hardt? Wenn sie ihn zu kennen meinte, verwandelte er sich unversehens in jemand anderen.

«Ich nehme auch Musikwünsche entgegen.»

«Ich wusste gar nicht, dass du Klavier spielen kannst.»

«Meine wöchentlichen Treffen mit Miss Gertrude, meiner vollbusigen, schnurrbärtigen Klavierlehrerin, waren ein wohlgehütetes Geheimnis meiner Jugend.»

«Willst du damit sagen, du hättest nach der Schule regelmäßig geübt?»

«Das Üben war ganz schön lästig, aber mit der Zeit habe ich Geschmack daran gefunden.»

Sie setzte sich neben ihn auf die Klavierbank und beobachtete, wie seine Finger mit der gleichen einfühlsamen Geschicklichkeit, mit der er sie berührte, über die Tasten glitten. Er wusste genau, welche Tasten er wann drücken musste, und kannte das Lied, das ihr im Herzen klang, noch ehe es ihr überhaupt bewusst geworden war.

Es war die natürlichste Sache der Welt, dass seine Hände von den Tasten zu ihr wanderten. Mit seinen weichen Fingerspitzen erkundete er ihre nackte Haut, spielte auf ihren Armen, ihrem Hals, ihren Schultern und ihrem Rücken.

Ehe sie wusste, wie ihr geschah, streifte er ihr die Spaghettiträger herunter und öffnete den Reißverschluss ihres Kleides. Er hob sie hoch und setzte sie auf den glänzenden Flügel. Als er ihre Beine anhob, sie sich um die Hüfte legte und sie an sich heranzog, wirkte ihr dünnes Kleid wie eine zusätzliche Stimulation.

Dank der hohen Schlitze hatte er volle Bewegungsfreiheit und freie Sicht auf ihre langen, bestrumpften Beine und ihre erotischen hochhackigen Schuhe, die an den Knöcheln mit Satinbändern befestigt waren.

Er ließ seine Hände ihre Beine hochwandern und hielt inne, als er das Strumpfband erreichte und ihre warme nackte Haut berührte.

Er schenkte ihr ein umwerfendes sexy Lächeln. «Das gefällt mir.»

«Dann habe ich das viele Geld in der Erotikboutique also nicht umsonst ausgegeben?»

Seine Finger wanderten weiter, und sein Lächeln wurde breiter, als er feststellte, dass sie einen Strumpfhalter, aber keinen Slip trug. «Ich würde sagen, es hat sich gelohnt.»

Er neigte sich vor, um sie zu küssen, wonach sie sich schon die ganze Zeit sehnte. Sie schüttelte die Träger ab und schlang ihm die Arme um den Hals. Sie konnte es gar nicht erwarten, ihn zu berühren, ihn an sich zu drücken und die Füße hinter seinem Rücken zu verschränken.

Ihre Lippen verschmolzen ganz allmählich, wanderten hierhin und dorthin, probierten alle möglichen Winkel aus und suchten nach der perfekten Haltung, während ihre Zungen sich trafen und spielerisch umkreisten.

Als er über ihren entblößten Rücken streichelte, flammte ihre Leidenschaft auf und durchströmte sie brennend heiß.

Er zog ihr das Oberteil des Kleides bis zur Hüfte, und strich mit seiner Jacke über ihre hart werdenden Nippel.

Er saugte ihre Unterlippe in den Mund und stupste sie mit der Zunge an. Sie rieb sich an ihm und verstärkte den Druck auf ihre Brüste, was zur Folge hatte, dass ihr Innerstes von Lustschauern durchflutet wurde.

Sie fasste unter sein Hemd und befühlte das weiche, flaumige Haar, das sich von der Brust bis zum Nabel zog, dann schob sie die Finger unter seinen Hosenbund.

Er unterbrach den Kuss und legte die Krawatte ab. Ehe sie ihm das Hemd aufknöpfen konnte, legte er ihr die Krawatte über die Augen und verknotete sie hinter ihrem Kopf. «Wenn du nichts siehst, wird das deine anderen Sinne schärfen.»

Als er sich von ihr löste, wurde ihr auf einmal kalt, und sie fühlte sich auf dem Flügel plötzlich wie entblößt . «Sloan?»

«Ich bin gleich wieder bei dir.»

Sie lehnte sich zurück und stützte sich mit den Armen ab. Dann nahm sie wieder seine Wärme wahr, und im nächsten Moment berührte er auch schon ihre Beine und schob sich geschickt zwischen sie.

Er hob ihren Kopf an, und sie zuckte zusammen, als etwas Kaltes, Feuchtes ihre Lippen berührte, über ihr Kinn und ihren Hals streifte und zwischen die Brüste wanderte.

Als er ihre Brustwarzen berührte, stockte ihr der Atem,

dann zwang sie sich zum Weiteratmen. Warme Fingerspitzen spielten mit ihrer einen Brust, während die andere der kalten Berührung schmelzenden Eises ausgesetzt war.

Sein heißer Atem streifte über ihr Gesicht.

Dann nahm sein Mund die Stelle des Eiswürfels ein und saugte ihren Nippel in seinen warmen Mund ein.

Als er mit dem harten Eiswürfel über die andere, heiße Brust fuhr, zuckte sie zusammen. Hin und her ging es, von einer Brust zur anderen, und ständig wechselten Mund und Eiswürfel einander ab.

«Du bist so heiß», murmelte er.

«Ach, ist das kalt», sagte sie, als er den Eiswürfel auf ihre nackten Schenkel drückte.

Sie hörte, wie er seine Haltung veränderte, und schloss daraus, dass er vor ihr niederkniete. Er spielte weiter mit dem Eiswürfel über die weiche Haut an der Innenseite ihres Schenkels, dann leckte und beknabberte er sie und versetzte ihr nochmals einen Kälteschock.

Sie biss sich auf die Lippen, um nicht laut aufzuschreien, so stark waren die Empfindungen, die er in ihr wachrief.

Sloans Atem klang überlaut in der Stille und wurde untermalt vom leisen Rascheln der Seide und seinem sinnlichen Gemurmel an ihrer Haut. Er legte sich ihre Beine auf die Schultern, dann streifte sein Atem ihre Schenkel und Schamlippen, und seine Zunge schnellte vor.

«Oh!» Es war Ausdruck des Dankes und gleichzeitig der Bitte um mehr, jäh unterbrochen vom Kälteschock, dem erneuten Ausbruch von Hitze, einem Duell der Extreme. Sie wurde ausgefüllt von Hitze, durchströmt von Kälte, schmelzend und sich windend, während Zunge und Eiswürfel miteinander wetteiferten, bis die Macht der Wärme schließlich die Oberhand gewann.

«Es hat gar nicht lange gedauert, bis der geschmolzen ist.»

Seine Zunge schnellte vor und zurück und fachte die Flammen der Begierde immer weiter an. Lippen, Daumen und Zunge wetteiferten gemeinsam, und ihre unterschiedliche Beschaffenheit und Temperatur sowie der unterschiedliche Druck, den sie ausübten, ließen Cassidy hochgehen wie eine Rakete. Solange diese Eruption der Lust andauerte, blieb sein Mund bei ihr und liebkoste sie sanft, dann brachte er sie allmählich wieder auf den Erdboden zurück.

«Wie soll ich nach dem, was ich erlebt habe, noch ein Feuerwerk genießen?»

«Ich bereite dir den Himmel auf Erden.» Ihre Lippen trafen sich.

«Schmecke ich so?», fragte sie.

«Der süßeste Nektar der Welt. Leg dich zurück.»

Er schob ihr etwas unter den Kopf, wahrscheinlich das zusammengeknüllte Sakko. Als sie ihn berühren wollte, fing er ihre Hand ab und legte sie auf seinen heißen, pochenden Schwanz.

«Wo ist das Eis, wenn ich es brauche?», scherzte sie und streichelte sein Glied von der Spitze bis zur Wurzel. Als sie die samtige Eichel in der Hand drückte, atmete er scharf ein. Sie lenkte seinen Schwanz zwischen ihre Beine und bereitete sich Lust, befeuchtete ihn mit dem Tau ihres Begehrens, ließ ihn an den Schamlippen entlanggleiten und um ihre empfindsame Lustperle kreisen, was einen weiteren Schwall Liebesnektar ausströmen ließ. Sie spürte, wie ihr Inneres anschwoll, lechzend nach dem ersten köstlichen Stoß, erfüllt von dem Begehren, ihn in sich aufzunehmen.

Behutsam glitt er in sie hinein, zog seinen Schwanz zurück, drang etwas weiter vor und zog ihn abermals zurück. Als er das dritte Mal in sie eindrang, stemmte sie ihm das Becken entgegen, um ihn vollständig in sich aufzunehmen.

«Oh!», stöhnte sie, als er sie ausfüllte. «Ja!»

Während ihre Münder miteinander verschmolzen, spannte sie die inneren Muskeln an und erhöhte den Druck. Als ihr nächster Orgasmus einsetzte, schrie sie auf, packte seine Hüften und stieß ihn mit aller Macht in sich hinein.

Es gab keine langsame Steigerung, keine Vorwarnung vor dieser unvermittelt ausbrechenden Eruption. Sie wusste nicht, löste ihr Orgasmus den seinen aus oder seiner den ihren; solch einen gewaltigen, perfekt aufeinander abgestimmten Höhepunkt hatte sie noch nie erlebt.

8

Obwohl Sloan ihr den Arm um die Hüfte gelegt hatte, spürte Cassidy, dass er sich immer weiter von ihr entfernte, je näher sie ihrer Suite kamen. Die Nähe, die sich zwischen ihnen hergestellt hatte, war ihm zu viel geworden; genau wie sie es geplant hatte.

«Alles in Ordnung?», fragte er, als sie vor ihrer Kabinentür standen.

Sie ermahnte sich im Stillen, ihm Raum zu lassen. «Mir ging's noch nie besser.» Sie umfasste seinen Jackettkragen, legte den Kopf in den Nacken und küsste ihn, dann ließ sie ihn los und wich zurück. «Das Dinner in Paris werde ich nie vergessen.»

«Ich auch nicht. Träum was Schönes.» Er küsste sie auf die Stirn, schob die Hände in die Taschen und machte sich davon.

Er wusste, dass sie in der Tür verharrte und ihm nachsah. Jedes Mal fiel es ihm schwerer, sie zu verlassen. Zumal das einzige Untier, vor dem er Cassidy wirklich beschützen musste, er selbst war.

In seiner Kabine angelangt, spritzte er sich kaltes Wasser ins Gesicht und blickte in den Spiegel über dem Waschbecken. Wieso war er nicht müde?

«Meine innere Uhr ist wohl durcheinandergeraten.» Sein Sakko roch nach Cassidy. Er drückte es zusammen und warf es in den Wäschekorb, den der Steward leeren würde, und wusste doch, dass er kein einziges Detail vergessen würde. Nicht ihren Geruch, nicht die Art und Weise, wie sie sich anfühlte und wie sie in der Hitze der Leidenschaft seinen Namen hinausschrie.

Als er ein sauberes Hemd und ein frisches Sakko angezogen hatte, beschloss er nachzuschauen, was die Nachtschwärmer an Bord so trieben. Als Erstes nahm er in der Disco einen Drink und ließ sich von zwei beschwipsten Blondinen auf die Tanzfläche ziehen. Von den Stroboskopen und der lauten Musik bekam er jedoch Kopfschmerzen, und nach kurzer Zeit machte er sich zur Enttäuschung seiner neuen Bekanntschaften, die ihm zu verstehen gaben, sie hätten gegen einen flotten Dreier nichts einzuwenden, wieder davon.

Da ihm der Sinn nicht nach Familiengeplauder stand, mied er das Casino. Vielleicht würde er ja müde werden, wenn er ein paar Bahnen schwamm. Die Gedanken, die ihm durch den Kopf gingen, würde er damit allerdings nicht abstellen können.

Schließlich wandte er sich zur Bibliothek. Vielleicht sollte er ja mal einen Blick in ein Buch werfen.

Als er seine Schwägerin Montana erblickte, blieb er unvermittelt stehen. Mit ihr hatte er zu dieser späten Stunde am wenigsten gerechnet. Eine Schwanenhals-Leselampe beschien sie mit goldenem Licht. Sie wirkte vollkommen mit sich im Reinen und hatte eine bunte Stickerei auf dem Schoß.

Er trat vor sie hin. «Du solltest um diese Zeit nicht mehr auf sein.»

«Keine Sorge, ich habe heute ein ausgiebiges Nickerchen gemacht. Das Baby ist unruhig, und ich wollte Steele nicht stören. Und was hast du für eine Ausrede?»

Er nahm ihr gegenüber in einem dick gepolsterten Sessel mit hoher Lehne Platz. «Ich bin es nicht gewohnt, Urlaub zu machen. Das viele Nichtstun hat meine innere Uhr durcheinandergebracht.»

«Kann es sein, dass ein gewisser Rotschopf an deiner Schlaflosigkeit schuld ist?»

«Ich bin gern mit Cassidy zusammen. Das ist alles.»

Montana nickte und ließ die Nadeln durchs bunte Garn spielen. Als er mit offenem Mund beobachtete, wie ihr Bauch sich bewegte, lachte sie. «Ich glaube, das Baby verwechselt Tag und Nacht. Es fühlt sich an, als würde es tanzen.»

«Wow!» Sloan vermochte den Blick nicht abzuwenden. «Ich hätte nicht gedacht, dass ein so kleines Ding schon eigene Gefühle und Bedürfnisse hat.»

Montana nahm seine Hand und legte sie sich auf den Bauch. «Du kannst dich schon mal mit deiner zukünftigen Nichte beziehungsweise Neffen bekannt machen. Rede mit ihm, damit er deine Stimme später wiedererkennt.»

Er riss die Hand zurück, als hätte er sich verbrannt. «Hat er mich gerade getreten?»

Montana lachte leise auf. «Vielleicht hast du ja einen Tritt in den Hintern verdient.»

«Wie meinst du das?»

Montana musterte ihn mitleidig. «Männer sind so begriffsstutzig, oder gilt das nur für die Hardts? Es ist doch nicht zu übersehen, dass dich und Cassidy etwas verbindet.»

«Wir kennen uns noch von früher her.»

«Was hat das mit dem Hier und Jetzt zu tun?»

Sloan rutschte unruhig im Sessel, als säße er auf dem heißen Stuhl. «Das ist kompliziert.»

«Das war es für Steele und mich auch. Aber wir haben unsere Probleme gelöst.»

«Es gibt da jemanden, der sie heiraten will.»

«Das wundert mich nicht. Aber sie ist nicht bei ihm, oder?»

«Sie lebt in West Bend. Ich in Black Creek.»

Montana hob fragend die Brauen.

«Sie wünscht sich Kinder, und ich will keine haben.»

«Der Herr, wie mich dünkt, gelobt zu viel.»

«Sie will sich nur noch einmal austoben, bevor sie sich endgültig bindet. Ich komme ihr da gerade recht.»

«Du meinst, sie *behauptet* das.»

«Sie hat sich zu Anfang recht eindeutig ausgedrückt.»

«Und was ist mit dir? Was willst du?»

Er sprang auf. «Was ich *wirklich* will, ist, von diesem schwimmenden Hotel runterzukommen und mich wieder an die Arbeit zu machen.»

«Ts-ts-ts», machte Montana, unentwegt weiterstickend. «Ich dachte eigentlich, du wärst der Gelassenere von euch beiden.»

«Bin ich auch.»

«Warum machst du dann alles so kompliziert? Tu, was du für richtig hältst, dann wird alles gut. Aber lauf nicht vor deinen Gefühlen weg.»

Das sagt sich so leicht, dachte Sloan, als er über das Promenadendeck wanderte. Sie hat die Ruhe weg, denn bei ihr verläuft alles in geregelten Bahnen. Als er sie kennengelernt hatte, war es freilich noch ganz anders gewesen. Sie hatte schwer arbeiten müssen, um das Black Creek Spa ins Laufen zu bringen; hatte mit Steele, der ihr eine Menge Ärger machte und ihr im Auftrag der Investoren nachspionierte, Katz und Maus gespielt. So ganz hatte er das noch immer nicht verstanden, doch darauf kam es auch nicht an, denn am Ende war alles gut geworden.

Das Spa war ein voller Erfolg. Montana hatte den wilden Steele gezähmt, der sich als Ehemann so wohl fühlte wie ein Fisch im Wasser. Gramps war glücklich und seine Eltern geradezu euphorisch. Selbst Montanas lästige Schwiegermutter war mit ihrem neuen Ehemann in den verlängerten Flitterwochen.

Sloan lehnte sich an die Reling und blickte zum dunklen Nachthimmel auf, der von Tausenden funkelnden Sternen erhellt wurde. In der Ferne blinkte eine Ansammlung von Lichtern; das war eine der Inseln, die sie morgen erkunden würden.

Vielleicht mangelte es ihm am Verlieb-dich-und-lebe-glücklich-und-zufrieden-Gen. Er war gern Single. Wenngleich er offerierte weibliche Zuwendung durchaus zu schätzen wusste, legte er es nicht darauf an. Er fühlte sich viel zu wohl in seiner eigenen Gesellschaft, um jemand anderen an die erste Stelle zu setzen. Er legte Wert darauf, jederzeit seine Sachen packen und dorthin reiten zu können, wohin der Wind ihn trieb, und dann wollte er auch so lange dort bleiben, wie es ihm gefiel.

Solange eine Frau mit seiner Art zurechtkam, konnten beide ihren Spaß haben. Zumindest war es in der Vergangenheit immer so gelaufen. Weshalb sollte es diesmal anders sein?

Cassidy wäre besser beraten, wenn sie Mr. Safe heiratete und einen Haufen Kinder in die Welt setzte. Mit dem Leben, das sie sich wünschte, würde er niemals zurechtkommen.

Er ging zurück zu Cassidys Kabine, öffnete die Tür mit dem Schlüssel, den er immer noch bei sich trug, schlich leise durch den dunklen Raum und streifte im Gehen die Kleider ab. Dann schlüpfte er behutsam neben Cassidy ins Bett. Sie regte sich, wälzte sich zu ihm herum und murmelte etwas Unverständliches.

Er nahm sie in die Arme und hielt sie fest, lauschte auf ihren Atem, der sogleich wieder tiefer wurde. Er war ein egoistischer Mistkerl, na schön. Aber wenigstens würde er jetzt einschlafen können.

Er hatte das Gefühl, kaum eingeschlafen zu sein, als Cassidy auch schon aufsprang wie ein Kind am Weihnachtsmorgen, in den Bademantel schlüpfte und auf den Balkon hinaustrat. Über seine Anwesenheit schien sie sich nicht zu wundern, sondern nahm sie fraglos hin, so als wäre dies die natürlichste Sache der Welt. Oder war sie es etwa gewohnt, allein einzuschlafen und in Gesellschaft aufzuwachen?

«Ach, Sloan, wie schön es hier ist! Ich kann's gar nicht erwarten, an Land zu gehen.»

Während er sich noch den Schlaf aus den Augen rieb, klingelte das Telefon. Cassidy kam in die Kabine gestürmt und nahm nach dem ersten Klingeln den Hörer ab.

«Hi, Mom. Ja, klar. Wann?» Sie zwinkerte Sloan zu. «Ich sag's ihm, wenn ich ihn sehe.» Sie legte auf und grinste ihn anzüglich an. «Dein Großvater sucht nach dir. Er möchte mir dir den Tagesablauf besprechen.»

«Ich weiß schon, was ich heute gern machen würde.» Er griff nach ihr und bekam einen Zipfel des Bademantels zu fassen, aber sie entzog sich ihm.

«Ich geh erst mal unter die Dusche.»

Er ließ ihr den Vortritt, streckte sich auf dem behaglichen französischen Bett aus, verschränkte die Hände hinter seinem Kopf und stellte sich Cassidy aufgeheizt und nass vor ... Er sprang aus dem Bett. Die Badezimmertür war angelehnt, und das war ihm Einladung genug.

Cassidy sang unter der Dusche; sie wirkte fröhlich.

Und unvermittelt wurde ihm bewusst, dass er ebenfalls gute Laune hatte. So glücklich hatte er sich schon lange nicht mehr gefühlt. Als er die Glastür der Dusche aufschob, drehte sie sich zu ihm um, ihr geöffneter Mund eine Einladung zum Kuss, die er bereitwillig annahm.

Sie schlang die nassen Arme um seinen Hals. «Wieso hast du dir so lange Zeit gelassen?»

«Ich wollte dir Gelegenheit geben, dich ungestört deinen intimen Verrichtungen zu widmen.»

«Das war sehr rücksichtsvoll von dir.»

«Ich gebe mir Mühe.»

Mit ihrer seifigen Hand griff sie nach seinem Schwanz. «Streng dich ruhig noch etwas mehr an.»

«Ein Gutes hat so ein Morgen jedenfalls», meinte er. «Er braucht nur wenig Ermunterung, um den Anforderungen gerecht zu werden.»

Er hatte recht, denn die leiseste Berührung hatte schon mehr als ausgereicht, um ihn aufzurütteln . Als er die Hände um ihre Brüste legte, war das wie ein plötzliches Erwachen. Die Art und Weise, wie sie das Becken vorschob, sich aufreizend an seinem Steifen rieb und ihn mit ihren kurzen Locken kitzelte, steigerte seine Erregung noch mehr.

«Ach Gott, Cassidy!» Noch nie war er so schnell in Fahrt gekommen. Er atmete schwer, während sie ihn mit seinen eigenen Waffen schlug und mit ihren heißen, begehrlichen Händen über seinen Körper fuhr.

«Ich fürchte, wir müssen uns mit einem Quickie begnügen», murmelte sie an seinem Mund.

«Ja!» Es klang beinahe wie ein Knurren.

In einer Ecke der Dusche war eine kleine Sitzbank. Er setzte sich darauf, zog Cassidy auf seinen Schoß und drang gleich so tief in sie ein, dass er meinte zu kommen.

Ihr ekstatisches Stöhnen steigerte seine Erregung noch, und das prasselnde Wasser bildete das Hintergrundkonzert. Ihre Brüste berührten seinen Oberkörper und wippten aufreizend, während sie ihn ritt, ihre steifen Nippel rosig und frisch.

Er fuhr ihr durchs nasse Haar und küsste sie leidenschaftlich auf den Mund. Sie stützte sich mit den Füßen an der gegenüberliegenden Duschwand ab, um ihn noch stürmischer reiten zu können. Als sich ihre Erregung der seinen angeglichen hatte, begann sie zu keuchen. Er verschloss ihr den Mund mit seinen Lippen, und ihre Leiber verschmolzen zu einer nassen, pulsierenden, warmen Einheit.

Er spürte, wie sie tief in ihrem Innern zu beben begann und versuchte, sich zurückzuhalten, doch als es ihr kam, da kam es auch ihm. Er hörte gar nicht mehr auf zu kommen, getragen von einer Woge der Leidenschaft, die anscheinend niemals enden würde. Und das wäre ihm auch am liebsten gewesen.

Er war noch immer ganz ermattet, als er einen Blick auf seine wasserdichte Armbanduhr warf. «Oje, sieh mal, wie spät es schon ist!» Sie löste sich von ihm und duschte sich noch einmal flüchtig ab, dann stellte sie das wohlig warme Wasser ab. «Beeil dich, sonst verspäten wir uns noch.»

«Offenbar brauche ich zur Erholung länger als du.»

«Hast du nicht damit geprahlt, wie schnell du wieder kannst?», fragte sie spöttisch.

«Das werde ich dir auch gern beweisen, wenn du mir Gelegenheit dazu gibst», meinte er einladend.

«Im Moment interessiert mich nur, wie schnell du in die Kleider kommst.»

«Spielverderberin», brummte er gutmütig.

Sie hatten einen Familienausflug arrangiert; am Pier erwartete sie ein offener VW-Bus, der von einem farbigen Einheimischen chauffiert wurde, der ihnen die Insel zeigen würde.

Der Wagen rumpelte über die staubigen Kiesstraßen, die von üppiger Vegetation und Verkaufsständen gesäumt waren, an denen es, angefangen von frischem Obst und Fisch bis zu kitschigen Andenken, Handwerkskunst und Schmuck alles Erdenkliche zu kaufen gab. Der Fahrer hupte, als sie an einem dunkelhäutigen Mann vorbeikamen, der ein Kind huckepack trug. Der Junge winkte ihnen fröhlich zu, während der Vater lächelnd seine weißen Zähne zeigte.

Die Einheimischen besaßen anscheinend nicht viel, machten aber einen zufriedenen Eindruck, fand Sloan. Vielleicht kannten sie ja das Rezept zum Glücklichsein. Eine paradiesische Umgebung, ein einfaches Leben, schlichte Freuden. Vielleicht war die hochindustrialisierte Welt ja doch nicht der Weisheit letzter Schluss.

Die Frauen saßen vorn und plauderten mit dem Fahrer, während die Männer sich auf den hinteren Sitzbänken verteilt hatten. Cassidy sah in ihrem kurzen Kleid in Dschungeltönen und mit Nackenband umwerfend aus.

Als Sloan bemerkte, dass sein Bruder finster dreinschaute, setzte er sich neben ihn. «Du siehst aus, als wärst du auf einer Beerdigung anstatt auf einer Hochzeit. Was hast du?»

Steeles Blick wanderte zu Montana, die sich vorn mit Angel und den anderen Frauen unterhielt.

«Wir wären fast nicht mitgekommen. Montana gibt es zwar nicht zu, aber sie ist nicht ganz auf der Höhe.»

«Liegt wahrscheinlich an der Hitze», meinte Sloan.

«Möglich», sagte Steele. «Ich wollte mit ihr an Bord bleiben, aber sie wollte Mom nicht enttäuschen.»

«Ich habe sie gestern Abend in der Bibliothek getroffen. Da hat sie sich noch gut gefühlt.»

«Sie nimmt zu viel Rücksicht auf andere, anstatt mal an sich selbst zu denken. Im Moment beschäftigt sie sich mit dir und Cassidy und überlegt, was wir tun könnten.»

«Mir wär's lieber, ihr würdet das sein lassen. Wir sind Freunde, und so soll es auch bleiben.»

«Hat Montana da etwas falsch verstanden?»

Sloan lächelte, als er an den Schönheitssalon denken musste. «Ich beherzige nur deinen Rat.»

«Seit wann hörst du denn auf mich?» Steele stieß ihn mit dem Ellbogen an. «Ich an deiner Stelle würde nach vorn schauen und ernsthafte Schadensbegrenzung betreiben.»

Die Straße mündete auf einen Parkplatz. Mit durchdringend quietschenden Bremsen kam der Wagen zum Stehen. Der staubige Platz war zur Hälfte belegt, angefangen von hutschachtelgroßen Mietwagen bis zu großen Bussen.

«Was gibt es hier zu sehen?», wollte Sloan von Steele wissen.

«Irgendeine Touristenattraktion. Wasserfälle, Höhlen. Ich glaube, hier wurde einer der Tarzan-Filme gedreht.»

Sie stiegen aus und verteilten sich. Einige gingen zur Toilette, andere zur Bar oder zu den Andenkenläden. Der Fahrer hatte gesagt, sie hätten zwei Stunden Zeit, um zu speisen und die Umgebung zu erkunden.

Sloan schloss zu Cassidy auf und tippte ihr auf die nackte Schulter. «Hast du Sonnenschutz aufgetragen? Mir scheint, du hast da eine Stelle ausgelassen.»

«Ach, wirklich?» Sie wühlte in ihrer Handtasche und nahm nacheinander eine Kamera, eine Wasserflasche, eine Landkarte, ein Handtuch und schließlich eine Tube Sonnencreme heraus.

Er drückte sich etwas Creme auf die flache Hand, um sie anzuwärmen, dann massierte er sie ihr langsam ein, wobei er ihrem Nacken, der anmutig geschwungenen Schulter und den Ohrläppchen besondere Aufmerksamkeit zuteil werden ließ. Er spürte, wie sie erschauerte, und hörte, wie ihr der Atem stockte, dann neigte er sich vor.

«Das hat Spaß gemacht heute Morgen», flüsterte er ihr ins Ohr. Er brachte sie gern zum Erröten.

«Wir hätten beinahe den Ausflug verpasst.»

«Wäre das denn so schlimm gewesen?» Er tat so, als wollte er ihr die Brust einreiben, ließ seine Hände jedoch auf der weichen Schwellung der Brüste im Ausschnitt ihres Kleides verweilen.

Mit einer anmutigen Bewegung lehnte sie sich an ihn. Ihr Körper verschmolz mit dem seinen, ihr entblößter Nacken forderte ihn auf zum Kuss. Er erfüllte ihr den Wunsch und presste sie an sich, damit sie seinen Steifen spüren konnte.

«Sloan, hier kann uns jeder sehen.»

«Neulich im Pool hat dich das auch nicht gestört.»

«Das war etwas anderes. Da war es dunkel.»

«Und wir wären um ein Haar ertappt worden.»

«Um ein Haar.» Sie lächelte.

Seinem Instinkt folgend, wandte Sloan sich schnurstracks zum flachen Fluss, spazierte flussaufwärts und ließ Cassidy auch dann nicht los, als er sein Tempo dem ihren anpassen musste, denn wie die meisten Frauen bevorzugte sie unbequeme Zehensandalen.

«Weißt du, wohin wir gehen?», fragte sie.

«Das werden wir schon sehen.»

Sie befanden sich in einer Bilderbuchlandschaft. Glatte Steine ragten aus dem flachen Wasser, ein natürlicher Übergang zum anderen Ufer. Die Vegetation war üppig grün, durchsetzt mit exotischen Blüten, und in den nahen Bäumen lebten bunte, lärmige Vögel.

«Sieh mal!», rief Cassidy aus, als sie um eine Biegung kamen und stehen blieben. Ein malerischer Wasserfall ergoss sich in einen kleinen Teich. Die Vögel zwitscherten, und in der Gischt des Wasserfalls hatten sich Regenbogen gebildet.

«Das ist wie im Kino», meinte Cassidy, holte die Kamera hervor und schoss ein paar Fotos.

«Hier wurde tatsächlich mal gedreht. Lass mich ein Foto von dir machen. Stell die Tasche ab und stell dich dort drüben hin.»

«So?»

Er kniff ein Auge zusammen und blickte durch den Sucher. «Weiter zurück. Noch etwas weiter. Noch ein Stück … Ja, gut.» Er drückte in dem Moment auf den Auslöser, als Cassidy den Halt verlor und rückwärts in den Teich stürzte.

«Das hast du absichtlich gemacht!» Sie schnappte sich

den im Wasser treibenden Strohhut und warf ihn aufs Trockene.

Er grinste. «Ein kleines Opfer für die Kunst – aber ein großartiger Schnappschuss.» Er verstaute die Kamera wieder in ihrer Handtasche. «Wie ist es im Wasser?»

«Komm rein und probier's aus.»

Er streifte das Hemd ab, ließ es auf ihre Tasche fallen und brachte sich für einen Hechtsprung in Positur.

«Nicht!», schrie sie. «Es ist zu flach.»

Doch ihre Warnung kam zu spät. Schon tauchte er ins Wasser ein. Und blieb unten und zählte die Sekunden, darauf vertrauend, dass Cassidy ihn nicht im Stich lassen würde.

Sie schwamm zu der reglosen Gestalt am Grund des flachen Wassers. Als sie nach ihm greifen wollte, packte er sie und zog sie mit sich an die Oberfläche.

«Du Schuft, du hast mich zu Tode erschreckt!» Sie holte aus, als wollte sie ihn schlagen. Er fiel ihr in den Arm. Ihr Gerangel mündete in einen verführerischen Tanz, der sie so nahe an den Wasserfall heranführte, dass ihre Haut mit Gischttropfen benetzt wurde.

An einer Stelle, wo ihm das Wasser bis knapp über die Hüfte reichte und Cassidy fast bis zur Brust, pflanzte er die Beine fest auf den Boden.

Er löste die Schleife des Nackenbandes und half ihr, das Kleid abzustreifen. «Hast du seit neulich nochmal nackt gebadet?»

«Du meinst, seit der Episode im Pool?» Sie schüttelte den Kopf und legte ihm die Hände auf die Schultern, während er ihr den Slip auszog und zusammen mit dem Kleid und seinen Shorts aufs Trockene warf.

Als er sie leidenschaftlich an sich zog, seufzten sie beide auf, denn es war ein ursprüngliches sinnliches Erlebnis; das warme Wasser liebkoste ihre Haut, und das Plätschern des Wasserfalls bildete die Hintergrundmusik.

«Das ist wundervoll!», flüsterte sie.

Er küsste sie und ließ seine Hände unter Wasser über ihren Körper wandern.

«Sloan.» Sie schaute sich um. «Es kann jederzeit jemand um die Flussbiegung kommen.»

«Meinetwegen.» Seine Hände waren zwischen ihren Beinen zugange und suchten die innere Hitze, während ihre Schamlippen anschwollen und sich entfalteten. Mit der anderen Hand streichelte er ihre Brüste, deren Nippel begehrlich gegen seine Handfläche drückten. Er neigte den Kopf, sog die feste, schmackhafte Knospe tief in seinen Mund und bezüngelte sie. Die andere Hand wurde von einem Hitzeschwall willkommen geheißen. Cassidys Körper dampfte förmlich.

Mit seinen Zähnen knabberte er vorsichtig an ihrem Nippel und drückte gleichzeitig die geschwollene Knospe ihres Kitzlers.

«Ach Gott!» Als der Orgasmus sie erschütterte, warf sie den Kopf in den Nacken.

«‹Ach Gott› oder ‹ach gut›?», fragte er.

«Beides.» Sie schnurrte wohlig und entspannt, und er nutzte die Gelegenheit, legte sich ihre Beine um die Hüfte und zielte mit seinem Schwanz auf ihre Öffnung.

«Sloan.» Sie grub die Finger in seine Schultern und kratzte ihn. «Das geht nicht.»

«‹Geht nicht› gibt's bei mir nicht.»

Sie riss die Augen auf, als er seinen Schwanz in sie hineinschob und ihre Körper mühelos in den uralten Rhythmus fanden, während er sich krümmte und in sie hineinstieß, um sie vollständig auszufüllen.

Sie veränderte die Haltung, damit der Druck auf ihren Kitzler größer wurde, während er sein Tempo erhöhte.

Sie langte nach unten und streichelte seine Eier, dann wanderten ihre Finger weiter zu der besonders empfindsamen Stelle zwischen Hodensack und Rosette.

Sein Atem zischte an den Zähnen, als er spürte, wie ihre inneren Muskeln sich anspannten und ihn so fest umklammerten, dass er sich kaum noch in ihr bewegen konnte.

Er war kurz vor dem Orgasmus, und sie war anscheinend entschlossen, sich den Höhepunkt mit ihm zu teilen. Er streichelte ihren Po und rieb sich an ihren nassen Brüsten, deren harte Nippel ihn dermaßen erregten, dass sein Schwanz noch härter wurde.

Er schaffte es, sich zurückzuhalten, denn er liebte es, ihr Gesicht zu betrachten, die halb geschlossenen Lider, den weichen Kussmund, den sie in den Sekunden, bevor sie kam, halb öffnete. Erst spannte sie die Beinmuskeln an, dann bog sie den Oberkörper zurück, als wäre sie der Bogen und er der Pfeil.

Er spürte, wie sie erzitterte, und küsste ihre Lippen, schmeckte die süße Ekstase, die in ihr brannte und in seinen Körper überging.

Weich und nachgiebig ruhte sie in seinen Armen, und er machte sich ein Vergnügen daraus, die Flammen der Leidenschaft aufs Neue zu entfachen. Dann legte sie die Hand um seinen Schwanz und streichelte ihn im Rhythmus seiner Stöße. «Ich höre jemanden kommen!», flüsterte sie ihm ins Ohr.

«Schade.» Freilich hätte er selbst dann nicht aufhören können, wenn er gewollt hätte. Sie schob ihren kleinen Finger in seinen Hintern, und von ihrer Taktik überrumpelt, riss er sie mit seinem eigenen Orgasmus mit. Irgendwie schaffte er es, mit ihr im Arm unter den Wasserfall zu taumeln, wo das herabprasselnde Wasser ihre Ekstase noch weiter steigerte. Er konnte nur hoffen, dass das Wasserrauschen seinen Aufschrei erstickte.

Während er noch Atem schöpfte, kuschelte Cassidy sich an ihn. Als er ihr selbstzufriedenes Lächeln sah, spürte er, dass etwas im Busch war.

«Was bedeutet das Lächeln?»

«Dass jemand kommt, habe ich erfunden.»

9

«Was!»

«Du musst zugeben, dass dir das den letzten Kick gegeben hat.» Grinsend löste sie sich von ihm.

«Bist du schon fertig mit mir?», stichelte er.

«Im Moment schon», gab sie über die Schulter zurück, watete ans Ufer, breitete auf dem Sand ein Handtuch aus, legte sich darauf und sah Sloan auf sich zukommen wie ein Geschenk der Wassergötter. Die Wassertropfen auf seinem sonnengebräunten, muskulösen Oberkörper und seinen kräftigen Schultern funkelten, und es machte sie kein bisschen verlegen, dass er ein paar Schritte vor ihr stehen blieb und sie ausgiebig betrachtete.

«Wie ich sehe, machst du dir keine Sorgen mehr wegen Voyeuren.»

«Schon seltsam, wie du es schaffst, mir meine Hemmungen zu nehmen. Aber darauf hast du dich schon immer verstanden.»

Er setzte sich vor ihre Füße. «Freut mich, dass ich's nicht

verlernt habe. Deinen Bräunungsstreifen nach zu schließen, ist es das erste Mal, dass du unbekleidet ein Sonnenbad nimmst.» Er streifte mit den Fingern über den hellen Streifen, der sich über ihre Brüste zog, dann um ihren Venushügel herum. «Ich würde dir dringend Sonnenschutzfaktor dreißig empfehlen.»

Sie warf ihm die Sonnencreme zu und drehte sich auf den Bauch.

«Wow, ich muss erst mal die Sonnenbrille aufsetzen. Du strahlst so, das blendet mich ja richtig.» Als er ihr den Po und die Schenkel eincremte, spreizte sie leicht die Beine und spürte, wie seine Finger zu ihrer Scham wanderten.

Sie legte das Gesicht auf ihre verschränkten Arme. «Die Sonne tut richtig gut.»

«Nur die Sonne?»

«Vielleicht nicht *nur* die Sonne.»

Er schob ihr den Arm unter die Hüfte und drehte sie mühelos um. Dann spreizte er ihre Knie, setzte sie dem Sonnenschein und seinen Blicken aus und massierte die Creme in ihre Schenkel ein.

Cassidy seufzte. «Ausgesprochen hedonistisch.»

Als er sich vorbeugte und ihr behutsam die Brüste eincremte, stöhnte sie wohlig auf.

Er legte sich auf sie und rieb sich an ihr, sodass sein Brusthaar ihre Brüste kitzelte und stimulierte. «Ich habe mir gedacht, eigentlich können wir uns die Creme doch auch teilen.»

«Eine gute Idee.» Sie fasste ihn bei den Oberarmen und spürte, wie seine Muskeln sich anspannten, denn sie trugen einen Teil seines Körpergewichts. Ehe sie dem Reiz ganz erlag, glitt er an ihr hinunter und setzte ihren Oberkörper der Sonne und seinem brennenden Blick aus.

Während sie noch überlegte, wovon mehr Hitze ausging, senkte er den Kopf und atmete tief ihren Duft ein. Dank ihrer bisherigen Erlebnisse war sie hyperempfindlich selbst für die leichteste Berührung seiner Lippen und seiner Zunge, die behutsam die zarten Falten teilte, bevor sie sich ihrem Kronjuwel zuwandte. Sie stemmte ihm das Becken entgegen, als er seinen Mund von Schenkel zu Schenkel wandern ließ und in der Mitte verweilte, um den köstlichen Geschmack zu kosten und ihren Duft einzuatmen.

Der Himmel war strahlend blau und wirkte aufgrund der intensiven Empfindungen, die Sloan bei ihr wachrief, umso weiter. Cassidy streckte die Hand aus und fuhr durch sein feuchtes Haar, ließ die seidigen Strähnen durch ihre Finger gleiten und spürte, wie sich tief in ihrem Bauch etwas lustvoll anspannte.

«Mögen deine Brüste die Sonne?»

«Mein ganzer Körper mag die Sonne.»

«Gut. Konzentrier dich drauf.» Kurz bevor sie kam, hielt er inne. Nach Erfüllung lechzend, spürte sie, wie warmer Sonnenschein den Platz von Sloans Zunge einnahm.

«Besorg's dir», sagte er mit rauer Stimme. «Ich möchte dir dabei zusehen, wie du dir selbst Lust bereitest.»

Sie blickte sich um. «Und wenn jemand kommt?»

«Wir sind ganz allein im Paradies.»

Sie musste sich eingestehen, dass sein Vorschlag eine wilde Erregung bei ihr auslöste. Das Pochen zwischen ihren Beinen wurde intensiver; ihre Brüste brannten in der Sonne und entwickelten eine ganz eigene brennende Lust.

Sie wandte sich als Erstes ihren Brüsten zu und fuhr mit den Fingerspitzen um die straffen Rundungen.

«Fühlt sich das gut an?», fragte Sloan.

«Mhmmm», machte sie träumerisch. Sie brauchte sich

nur in die Nippel zu kneifen, und schon wallte neue Lust in ihr auf.

Sie leckte sich über die Fingerspitzen und genoss die feuchte Kühle auf ihrer von der Sonne erhitzten Haut. Langsam streichelte sie die unglaublich weiche Haut an der Innenseite ihrer Schenkel.

Dann schob sie den Mittelfinger zwischen ihre inneren Lippen, deren feuchte Hitze ihre Hand benetzte. Ihre Schamlippen waren angeschwollen und heiß.

Sloans blaue Augen verdunkelten sich, und ihre Erregung steigerte sich noch weiter, als sie merkte, dass sie ihn scharf machte. Mit der anderen Hand spielte sie an ihren Brüsten herum, während sie gleichzeitig den Druck auf ihre angeschwollene Lustknospe erhöhte. Als die Lustschauer sie durchströmten, stöhnte sie auf. Immer wieder schob sie den Mittelfinger in sich hinein, dann wandte sie sich dem Kitzler zu, der sogleich anschwoll, feucht und heiß.

So heiß wie Sloans Blick. Sein Schwanz war wieder hart geworden, und die Vorstellung, wie seine samtige Eichel ihre Öffnung berührte, ließ sie sich über die Lippen lecken. Immer schneller rieb sie sich, und ihr Keuchen übertönte beinahe Sloans schweres Atmen, bis sie sich plötzlich mit einem triumphierenden Aufschrei aufbäumte.

Sloan warf sich auf sie und drang in sie ein. Dass sie endlich vereint waren, löste eine pure Ekstase bei ihr aus, welche die Stille zum Tönen brachte. Sie umklammerte ihn und hielt ihn fest, als wollte sie ihn nie wieder loslassen.

«Ja!» Ebenso erregt wie sie, fickte er sie leidenschaftlich, jeder Stoß heftiger und kräftiger als der vorherige, und versetzte sie in einen Zustand der besinnungslosen Lust, in der nichts anderes mehr existierte als sie beide.

Anschließend blieb er erschöpft auf ihr liegen und zuckte noch hin und wieder, wenn ihn die Nachwehen der Lust durchrieselten. Sie streichelte ihm über den Rücken, der erhitzt war von der Sonne und der genossenen Leidenschaft, glücklich darüber, dass sie ihn ebenso stark erregen konnte wie er sie.

Mit einem schweren Seufzer wälzte er sich von ihr hinunter und legte den Arm über das Gesicht. Sie bettete den Kopf auf seine Brust und zupfte spielerisch an seinen Haaren, dann kitzelte sie ihn zwischen Hüftknochen und Oberschenkel und lächelte zufrieden, als er zusammenzuckte.

«Wirst du's überleben?», fragte sie.

«Ich weiß noch nicht», murmelte er unter seinem Arm hervor. «Jetzt weiß ich jedenfalls, was das heißt: ‹Fick mich, bis ich tot umfalle.›»

Cassidy ließ den Blick umherschweifen und bewunderte die tropische Fülle ringsumher. «Ich mach's gern im Freien.»

«Und ich mach's immer gern mit dir.» Er erhob sich, nahm sie auf die Arme und watete mit ihr in den Tümpel, bis ihnen das Wasser ans Kinn reichte.

Sie langte nach unten und tat so, als wollte sie ihn waschen. Sloan schüttelte den Kopf und drehte sich mit ihr im Kreis, um sie abzulenken, dann ging er zurück zum Ufer, wo sie sich gegenseitig abtrockneten und ankleideten.

«Lass mich das machen.» Sloan hatte bemerkt, dass sie Mühe mit dem Nackenband des Kleides hatte. Er schob ihre Hände weg und band die Schleife. «Ich glaube, wir sollten jetzt besser zurückgehen, bevor man einen Suchtrupp losschickt.»

Sie trafen Rake und Angel zusammen mit James und Louise im Restaurant an, das mit einem Fliesenboden, sich träge drehenden Deckenventilatoren und Möbeln aus dunklem Naturholz ausgestattet war. In die weißgetünchten Fachwerkwände waren Kacheln eingelassen. Wohin Cassidy auch blickte, sah sie blühende exotische Pflanzen und nach Brotkrumen pickende Vögel.

«Wo seid ihr gewesen?», fragte Angel.

«Wir haben die Umgebung erkundet», antwortete Sloan.

«So nennt man das also heutzutage.» Als Angel perlend lachte, schoss Cassidy das Blut in die Wangen, während Sloan keine Reaktion zeigte. Offenbar war er ihre Neckereien gewöhnt.

«Hm, lecker!» Froh über die Ablenkung, stibitzte sie einen frittierten Calamari-Ring vom Teller.

«Hungrig?», meinte Rake.

«Ich sterbe vor Hunger», antwortete Cassidy und schob sich den zweiten Happen in den Mund. «Habt ihr alle schon gegessen?»

James winkte den Ober heran, der Cassidys und Sloans Bestellung entgegennahm.

Sloan schaute sich um. «Wo sind eigentlich Steele und Montana?»

«Die sind zum Schiff zurückgefahren», antwortete Angel. «Ich glaube, Montana ist erschöpfter, als sie zugeben will.» Sie zog Rake auf die Beine. «Lass uns noch ein paar Fotos machen, bevor wir aufbrechen. Schließlich ist das unsere letzte Hochzeitsreise.»

«Ein Stück weiter flussaufwärts liegt ein hübscher Wasserfall», sagte Cassidy. «Sloan und ich sind dort, äh, ein bisschen geschwommen.»

«Das ist ein wunderschönes Fleckchen», meinte Louise. «Das ist meine erste Kreuzfahrt, und so schön sie auch ist, habe ich doch lieber festen Boden unter den Füßen.»

Der Ober servierte das Essen, panierten Fisch mit frittierten Süßkartoffeln.

Louise lächelte, als sie sah, wie eifrig Cassidy zulangte. «Du haust ja rein wie ein Holzfäller.» Sie biss sich auf die Zunge. «Tut mir leid, so habe ich das nicht gemeint …»

«Schon gut, Mom.» Cassidy beugte sich vor und tätschelte ihrer Mutter die Hand. «Ich habe halt in letzter Zeit einen gesunden Appetit. Sloan hat gemeint, ich wäre früher ein ‹reizendes Pummelchen› gewesen, aber ich fand das gar nicht so reizend. Zumal ich hauptsächlich deshalb gefuttert habe, weil ich unglücklich war.» Alle wussten, dass dies eine Anspielung auf ihren tyrannischen Vater war. «Weil ich abnehmen wollte, habe ich eine Essstörung bekommen. Aber jetzt geht es mir gut, ich fühle mich gesund und munter. Meine Mom macht sich halt Sorgen.»

«Das ist das gute Recht einer Mutter», warf Louise ein.

«Also, ich weiß jetzt, dass ich mit dem Essen aufhören muss, wenn ich satt bin, und verspreche, mich nicht zu übergeben. Okay, Mom?»

Louise nickte. «Das war eine schlimme Zeit. Ich mache mir deswegen immer noch Vorwürfe.»

«Dich trifft keine Schuld», sagte Cassidy.

Louise nickte. «Ich bin einfach glücklich und möchte, dass es meinem kleinen Mädchen genauso geht.»

«Ich bin kein kleines Mädchen mehr, Mom.»

«Du wirst immer mein kleines Mädchen sein. Wenn du eigene Kinder hast, wirst du das verstehen.»

Immer wenn sie sich vorstellte, ein Kind zu bekommen, hatte es Sloans faszinierend blaue Augen. «Entschuldigt mich. Ich gehe mal auf die Toilette.»

Louise erhob sich. «Ich komme mit.»

«Ich habe noch nie erlebt, dass eine Frau allein zur Toilette gegangen wäre, wenn eine andere Frau in der Nähe ist», meinte James mit einem nachsichtigen Lächeln.

«Sag mir, dass du nicht deshalb mitgekommen bist, um mich zu beaufsichtigen», sagte Cassidy, als sie sich die Hände wusch und frischen Lippenstift auftrug.

«Wo denkst du hin», erwiderte Louise. «Ich wollte dich nur mal fragen, ob du die Phantasie-Suiten an Bord schon gesehen hast.»

Cassidy spannte sich an. «Was weißt du über die Phantasie-Suiten?»

«Nicht viel», meinte Louise. «Deshalb bin ich ja auch so neugierig. James hat ein paar für uns gebucht, aber ich finde das unpassend in unserem Alter und habe ihm deshalb vorgeschlagen, Sloan die Schlüssel zu geben.»

«Soviel ich weiß, hat Sloan die Schlüssel noch», sagte Cassidy steif. «Du kannst sie ja mal ausprobieren. Wer weiß, wann du wieder Gelegenheit dazu hast?»

«Tut mir leid, wenn ich was Falsches gesagt habe», meinte Louise, die Augen vor Besorgnis geweitet. «Ich hab's nicht so gemeint.»

«Mom, wir haben vor langer Zeit ausgemacht, dass wir einander alles sagen können. Du hast nichts Falsches gesagt. Hör auf, dir Sorgen zu machen.»

«Ich kenne dich doch, Cassidy. Ich spüre, dass du mir etwas verschweigst.»

«Es ist alles in Ordnung, ehrlich. Ich war nur etwas zu lange in der Sonne, das ist alles.»

Sie ging mit ihrer Mutter zurück zu ihrem Tisch und musterte Sloan. Sie hatte ihn noch immer nicht in die Knie gezwungen, und das bedeutete, dass jetzt drastischere Maßnahmen angebracht waren.

«Ich glaube, wir müssen allmählich aufbrechen.» James

warf ein paar Geldscheine auf den Tisch, erhob sich und trat neben Louise.

«Wir treffen uns am Bus», sagte Sloan. Sobald sie unter sich waren, wandte er sich Cassidy zu. «Ist auf der Toilette etwas vorgefallen? Du wirkst so verändert.»

«Wir reden später darüber.»

«Ist gut.» Sloan nahm ein paar Süßkartoffelchips von Cassidys Teller und erhob sich. «Sollen wir?»

Sie nickte und ging ihm voraus durchs Restaurant. Ihre auf dem Fliesenboden klackernden Schritte und ihre stocksteife Haltung sagten ihm, dass irgendetwas passiert war. Da sie nun mal eine Frau war, erwartete sie vermutlich, dass er spürte, was sie ärgerte. Doch er wollte verdammt sein, wenn er sie ein zweites Mal fragte. Irgendwann würde sie von selbst darauf zu sprechen kommen. Das taten Frauen immer.

Als sie wieder in den Bus stiegen, verlor er den Anschluss an Cassidy, die sich ganz hinten hineinzwängte und sogleich die Souvenirs der Mitreisenden bewunderte. Vielleicht aber hatte sie ihn auch absichtlich abschütteln wollen.

Okay, dann zeigte sie ihm also tatsächlich die kalte Schulter. Er setzte sich zu seiner Familie und bemühte sich, in die Begeisterung einzustimmen, mit der sie ihm ihre Pläne für den Abend schilderten. Dazu gehörte auch eine Bühnenshow à la Las Vegas.

«Ich dachte eigentlich, das wäre nichts mehr für euch», sagte er.

Rake verschränkte mit Angel die Finger. «Wenn man in Vegas lebt, nimmt man die Stadt anders wahr als die Touristen. Wir besuchen nie irgendwelche Shows.»

Angel meldete sich zu Wort. «Wir wollten dich und Steele möglichst normal aufwachsen lassen, doch es war eine schwere Entscheidung für uns, dich auf der Ranch bei deinem Großvater zu lassen.»

«Und ich dachte immer, wir wären euch bei eurem ausschweifenden Party-Leben im Weg gewesen.»

War das ein Tränenschleier in den blauen Augen seiner Mutter? «So war es nicht. Wir wussten damals nicht, womit wir außerhalb der Stadt hätten unser Geld verdienen sollen, aber uns war klar, dass Vegas nicht gut war für euch Jungs. Wenn wir die Ranch besuchten, seid ihr immer aufgeblüht. Pferde, Hunde, Angeln gehen ... alles, was ein Junge braucht. Wir wollten euch das alles nicht vorenthalten.»

«Und da habt ihr uns bei Gramps gelassen.» Er bemerkte, wie bitter er klang, obwohl er geglaubt hatte, diese alten Geschichten längst verwunden zu haben. Wenn er mal nach Vegas kam, hatte er dort sogar seinen Spaß.

Ihr stockte die Stimme. «Das war die schwerste Entscheidung, die wir je getroffen haben.»

Sein Vater nickte. «Jedes Mal, wenn wir euch besuchten und euch dann wieder zurücklassen mussten, zerriss es deiner Mutter fast das Herz.»

Sloan rutschte unbehaglich auf seinem Stuhl hin und her. «Das habe ich nicht gewusst. Ich wusste nur, dass ihr euch habt scheiden lassen.»

Seine Mutter ergriff seine Hand. «Du hast gewusst, dass wir dich lieb haben.»

«Kann schon sein.» Er hatte sich immer gefragt, weshalb sie ihn und Steele wie zwei junge Hunde, die zu alt geworden waren, um noch niedlich zu sein, einfach ausgesetzt hatten.

Obwohl es längst nicht mehr wehtat, wallte auf einmal das alte Gefühl der Verlassenheit auf, das er eigentlich für überwunden gehalten hatte. «Vielleicht hättet ihr euch vorher überlegen sollen, ob ihr überhaupt Kinder haben wolltet.»

«Wie alle Eltern haben wir unser Bestes getan, Sloan. Irgendwann wirst du das verstehen», sagte Angel.

«Bestimmt nicht.» Er betrachtete die vorbeiziehende Landschaft, die er als grüne, verwischte Schemen wahrnahm. «Ich will keine Kinder.»

«Wenn du die richtige Frau kennenlernst, wirst du deine Meinung ändern.»

Zum Zeichen, dass das Thema für ihn abgeschlossen sei, verschränkte er die Arme vor der Brust, und seine Mutter bekam den Fingerzeig offenbar mit.

Vielleicht bildete er es sich nur ein, doch er hatte den Eindruck, dass ihm Cassidy absichtlich auswich, als sie an Bord gingen.

Er holte sie ein, als sie die Tür zu ihrer Kabine aufschloss. «Wo bist du gewesen?»

Sie straffte abwehrend die Schultern, dann drehte sie sich zu ihm um. «Ich habe nach Montana geschaut. Wenn du nicht so egozentrisch wärst, wärst du von selbst darauf gekommen.»

Autsch. «Wie geht es ihr?»

«Ganz gut. Sie hat leicht erhöhten Blutdruck, aber das ist nicht weiter schlimm. Sie legt nicht gern die Hände in den Schoß, nicht wahr?»

«Sie ist ein Tatmensch. Nichts regt sie mehr auf, als wenn man sie verhätschelt.»

«Sie sollte es ein bisschen ruhiger angehen lassen.»

«Das hast du ihr hoffentlich auch gesagt.»

«Das weiß sie selbst.»

«Also, ich würde dich gern etwas fragen. Weshalb warst du im Restaurant auf einmal so abweisend?»

Sie musterte ihn mit dem widerspenstigen Blick, den er bereits kannte. «Lass mich in Ruhe, Sloan. Ich will nicht mit dir reden.»

Er lehnte sich an die Wand und verschränkte die Arme vor der Brust. «Du verhältst dich nicht gerade erwachsen.»

«Du verstehst mich nicht. Du verstehst überhaupt nichts.» Sie trat in die Kabine und wollte die Tür hinter sich schließen, doch er folgte ihr.

«Ich bemühe mich, dich zu verstehen. Aber du machst es mir nicht gerade leicht.»

Sie stellte die Strandtasche auf die Ablage am Fußende des Bettes. «Gerade du solltest das verstehen.»

Er raufte sich die Haare. «Was in aller Welt soll ich verstehen? Hilf mir auf die Sprünge.»

«Du weißt, wie ich aufgewachsen bin und dass meine Mutter eine Höllenangst vor meinem Vater hatte. Er hat sie missbraucht, und als ihm das zu langweilig wurde, hat er sich mich vorgeknöpft. Weißt du, weshalb ich Hebamme geworden bin?»

Sloan schüttelte den Kopf und bemühte sich, ihrem Gedankengang zu folgen.

«Er hat gemeint, ich wäre zu hässlich, um einen Mann abzukriegen und eine eigene Familie zu gründen, deshalb wär's für mich das Beste, ich würde einen Beruf draus machen und mich um andere Menschen kümmern.»

«Dein Vater war ein Mistkerl.»

«Ja, das stimmt. Und meine Mutter hatte Angst vor ihm, wollte ihn aber auch nicht verlassen. Weil es ihr an Selbstvertrauen mangelte, hat sie geglaubt, sie würde es aus eigener Kraft nicht schaffen.»

Sloan begriff noch immer nicht, worauf Cassidy hinauswollte.

«Ich war entschlossen, es anders zu machen. Ich wollte nicht werden wie sie.»

«Hm, ja.» Er bemühte sich, verständnisvoll zu klingen, aber was hatte das eine eigentlich mit dem anderen zu tun?

«Und dann kommst du! Im Zuge einer Vereinbarung unter Männern hast du die Schlüssel von deinem Großvater übernommen, sodass ich in den Genuss der Phantasie-Suiten gekommen bin, die eigentlich für meine Mutter gedacht waren.»

Sloan runzelte verwirrt die Stirn. «Cassidy, das stimmt doch nicht.»

«Ich lasse mich nicht in meine Mutter verwandeln, Sloan. Und schon gar nicht von dir.»

«Cass, *du* hast dich *um mich* bemüht, erinnerst du dich?»

Sie atmete zischend aus. «Unser Arrangement ist hiermit null und nichtig.»

«Uns bleiben noch zwei Tage!», wandte er ein.

«Jetzt nicht mehr. Wir sind miteinander fertig.»

10

Cassidy marschierte in der Kabine auf und ab. Der laute Rums der zufallenden Tür dröhnte ihr noch in den Ohren. Sie war dermaßen entschlossen gewesen, ihn in die Knie zu zwingen, ihn in sich verliebt zu machen und ihm als Vergeltung für all die gebrochenen Herzen, die seinen Weg pflasterten, eine Lektion zu erteilen, dass sie gar nicht gemerkt hatte, dass *sie* sich *in ihn* verliebt hatte!

Weiß Gott, sie war kein bisschen anders als all die anderen Frauen, die dem berüchtigten Charme der Hardts erlegen waren. Ihre Begründung dafür, dass mit ihrem Spiel Schluss sei, war schwach gewesen, das wusste sie, doch in diesem Moment war es allein um ihre Selbstbehauptung gegangen. Sie durfte nicht zulassen, dass Sloan die Wahrheit erriet. Und deshalb durfte sie sich nicht mehr mit ihm treffen.

Sie wollte das, was Montana hatte, wollte, dass sich ein Baby in ihrem Bauch bewegte, dass ein Mann sie umsorgte und dass alle Welt sah, wie sehr er sie liebte.

Sie wusste, dass sich hinter Sloans unbekümmerter Fassade ein großer Dickkopf verbarg und dass er, auch wenn er es abstritt, seinem großen Bruder Steele gegenüber einen schweren Stand gehabt hatte.

Schon als Kind hatte Sloan alles darangesetzt, zu beweisen, dass er anders war als Steele und in jeder Beziehung so tüchtig, erfolgreich und treffsicher in seinen Entscheidungen wie er. Dieses Muster hatte er zu tief verinnerlicht, um je etwas daran ändern zu können. Und da Steele jetzt glücklich verheiratet war, würde Sloan überzeugter Junggeselle bleiben.

Ihren Traum von einer Familie, einem Mutter-Kind-Zentrum und dem Wunsch, für andere Menschen zu sorgen, durfte sie nicht gegen ein Schmalspurleben mit Sloan hingeben. Irgendwann hätte sie ihn verachtet und sich selbst dafür gehasst, dass sie ein solches Opfer gebracht hatte.

Ihre Mutter hatte endlich ihr Glück gefunden, doch ihr Leben lang war sie ein gebrochener Mensch ohne Leidenschaft und Träume gewesen war. Cassidy wollte mehr.

Es war nicht schwer, Sloan für den Rest der Kreuzfahrt aus dem Weg zu gehen. Die Familienmitglieder hatten anscheinend gemerkt, dass etwas nicht stimmte, und obwohl keiner ein Wort sagte, schlossen sie schützend die Reihen, da sie wohl spürten, dass sie und Sloan Zeit für sich brauchten. Manchmal, wenn sie aufblickte, stellte sie fest, dass ihre Mutter sie nachdenklich beobachtete. Dann rang sie sich ein Lächeln ab und vertiefte sich wieder in ihr Buch.

Nach zwei langen, einsamen und quälenden Tagen legte das Schiff endlich an. Als alle sich verabschiedeten und die Hochzeitsgäste zum Flughafen fuhren, während Angel und Rake ihre Hochzeitsreise fortsetzten, war sie sich Sloans Anwesenheit im Hintergrund deutlich bewusst.

«Pass gut auf deine Frau auf», meinte Cassidy zu Steele, als sie sich von Montana verabschiedete. «Sorg dafür, dass sie in Black Creek nicht zu viel arbeitet.»

Steele grinste durchtrieben. «Klingt wie eine gute Ausrede, sie ans Bett zu fesseln.»

Montanas Miene hellte sich auf. «Schon wieder?», scherzte sie.

Cassidy wandte sich von dem intimen Wortwechsel ab und hoffte, dass man ihr ihren Neid nicht ansah. Was hätte sie nicht alles für eine verlässliche, glückliche, innige Beziehung gegeben.

Plötzlich stand sie Sloan gegenüber. Verlegen reichte sie ihm die Hand. «War nett, dich wiedergetroffen zu haben.»

Er musterte sie durchdringend, bis es peinlich wurde. Sie überlegte immer noch, was sie tun sollte, als er sie unvermittelt umarmte. «Ich dachte eigentlich, die Förmlichkeiten lägen längst hinter uns.»

Unwillkürlich schmiegte sie sich an ihn, denn dies würde das letzte Mal sein, dass sie einander so nahe kamen.

Sie berührte seine Wange. «Uns bleibt immer noch Paris.»

Er lächelte ihr zu, ein inniges Lächeln, das sie tief drinnen wärmte, den Teil von ihr, der sich verzweifelt bemühte, Distanz zu wahren. «So ist es.»

Zu ihrer Erleichterung hörte sie Steele sagen: «Hey, Sloan, unser Flug wird aufgerufen.» Und dann war er weg.

Als sie mit James und ihrer Mutter im Flughafen saß, konnte sie es auf einmal nicht mehr erwarten, nach Hause zu kommen. Nach West Bend. Zurück in die Normalität. Zurück zu dem geduldig wartenden Tony.

«Was in aller Welt war zwischen dir und Cass?»

Sloan seufzte vernehmlich. «Montana, würdest du Steele bitte zurückpfeifen?»

Sie beugte sich vor und schaute ihn an Steele vorbei über den Mittelgang hinweg an. «Ich möchte von dir eine Erklärung hören.»

«Das war nichts weiter als eine Urlaubsaffäre.»

«Sie hat die Affäre vorzeitig beendet, oder täusche ich mich da?», fragte Montana.

Sloan wäre am liebsten im Sitz versunken. «Was meinst du mit ‹vorzeitig›?»

«Was ist passiert?»

Ach Gott, sie war ja noch schlimmer als Steele. «Woher soll ich das wissen? Aus heiterem Himmel hat sie behauptet, ich wollte sie in ihre Mutter verwandeln.»

«Aha. Für eine Frau ist es verstörend, wenn sie bei sich die Charakterzüge ihrer Mutter entdeckt, zumal wenn es die sind, die sie am wenigsten mag.»

«Das ist das Dümmste, was ich je gehört habe», spottete Sloan.

«Frag deinen Bruder. Ich war dermaßen entschlossen, nicht wie meine Mutter zu werden, dass ich alles getan habe, um ihn zu vergraulen.»

Sloan schüttelte den Kopf. «Ihr Frauen seid mir zu kompliziert.»

Montana stieß Steele mit dem Ellbogen an. «Was würdest du an seiner Stelle tun, Steele?»

«Sie eine Weile schmoren lassen und irgendwann zufällig mal auftauchen?»

Montana musterte ihn mitleidig. «Sloan, hast du gehört, was dein Bruder gesagt hat?»

«Ja. Und ich werde mich hüten, seinen Rat zu befolgen, denn der ist abwegig.»

«Genau.»

Ehe Sloan sich im Geiste auf die Schulter klopfen konnte, fuhr sie fort: «Ich wette, wenn du mit Steeles Flugzeug von Black Creek nach West Bend fliegen würdest, wärst du vor ihr dort.»

Steele straffte sich. «Weshalb sollte er das tun?»

«Ja», meinte Sloan. «Weshalb sollte ich das tun?»

«Wenn du sie willst, musst du ihr das auch zeigen. Frauen lassen sich gern den Hof machen.»

Steele lachte, zog den Hut in die Stirn und lehnte sich zurück. «Sloan hat noch nie einer Frau den Hof gemacht. Der weiß gar nicht, wie das geht.»

«Vielleicht ist es jetzt an der Zeit, dass er es lernt. Du hast es schließlich auch geschafft.»

«Was meinst du denn damit?»

«Diese PR-Geschichte mit den angeblichen Heiratsplänen zum Beispiel.»

Steele lächelte breit. «Du musst zugeben, das war clever.»

«Da habe ich begriffen, dass du es ernst meinst», sagte Montana.

Die Räder der Falcon setzten mit einem vertrauten Rumpeln auf der Landebahn der Ranch der Hardts auf. Es war ihm nicht leichtgefallen, nach Black Creek zu ziehen, nachdem er sein ganzes Leben in West Bend zugebracht hatte, denn es sah ein bisschen so aus, als heftete er sich an Steeles Fersen. Montana aber hatte ihm eine verlockende Perspektive geboten, die es ihm erlaubte, seine Vorstellungen zu verwirklichen, weshalb er überzeugt gewesen war, richtig zu handeln.

Gramps und Louise waren noch nicht da, deshalb fuhr er mit einem der Pick-ups der Ranch in die Stadt. Montana hatte ‹zufällig› Cassidys Adresse gehabt.

Ihr hübscher Bungalow lag am Ende einer Sackgasse. Der Schlüssel lag erwartungsgemäß auf dem Türrahmen. Er schloss auf, trat ein und schaute sich um. Die Wohnung wirkte adrett und gepflegt. Behaglich eingerichtet, mit vielen Büchern, ein paar üppig grünen Zimmerpflanzen und einem Klavier in der Ecke. Das Sofa war mit Kissen überhäuft. Staffierten Frauen ihre Wohnungen deshalb mit Kissen aus, damit sie zu ihren Rundungen passten? Er holte ein Bier aus dem Kühlschrank, setzte sich damit auf die Veranda und wartete.

Kaum hatte er es sich in einem stabilen Schaukelstuhl bequem gemacht, hielt am Bordstein auch schon eine biedere graue Limousine. Ein Mann stieg aus und ging über die Einfahrt. Er war groß gewachsen und hager, hatte schütteres braunes Haar und hielt einen Strauß gelber Rosen in der Hand. Als er Sloans gestiefelte Füße auf der Veranda entdeckte, blieb er stehen.

«Ich, äh ...» Er räusperte sich. «Ich möchte zu Cassidy.» Er zeigte zur Straße. «Als ich James' Truck gesehen habe, habe ich mir gedacht, er hätte sie hier abgesetzt.»

«Sie ist noch nicht da», sagte Sloan gelassen. «Soll ich ihr etwas ausrichten?»

«Ich, äh, ich bin Tony.»

«Ist mir ein Vergnügen, Tony.» Er erhob sich und nahm dem Mann den Blumenstrauß ab. «Hübsche Blumen. Ich werd sie gleich in eine Vase tun.» Er warf sie nachlässig auf einen Hocker.

Tom blickte von Sloan zur offenen Haustür; die Verwirrung stand ihm ins Gesicht geschrieben.

«Ich habe einen anderen Flieger genommen und bin vor ihr eingetroffen», meinte Sloan beiläufig, lehnte sich mit der Schulter an den Pfosten, verschränkte die Arme und schlug die Beine übereinander, als fühlte er sich hier ganz zu Hause.

«Sie haben ebenfalls an der Kreuzfahrt teilgenommen?»

«Ja, ich bin der Sohn des Brautpaars. Da kam ich nicht drum herum.»

«Ich verstehe.» Tony machte Anstalten, sich zu entfernen. «Würden Sie Cassidy ausrichten, dass ich sie später anrufe?»

«Wird gemacht», sagte Sloan, die Daumen in die Taschen gehakt. «Bis dann mal.»

Er widerstand der Versuchung, die Rosen in den Müll zu werfen, und stellte sie stattdessen in einen leeren Milchkrug.

Er war noch im Haus, als ein Auto in die angebaute Garage fuhr. Cassidy trat durch die Seitentür ein und zog einen Rollkoffer hinter sich her. Als sie ihn erblickte, blieb sie unvermittelt stehen.

Bereitwillig ließ sie sich von Sloan den Koffer abnehmen. «Willkommen daheim. Hattest du einen angenehmen Flug?» Er blickte ihr über die Schulter und sagte: «Hübscher Wagen.» In der Garage stand ein ausgesprochen unpraktischer feuerroter Miata mit offenem Verdeck.

Cassidy warf die Handtasche auf den Tisch. «Ich dachte eigentlich, wir hätten uns heute schon verabschiedet.»

«Das war voreilig», meinte er.

«Die Blumen sind schön.» Sie zwängte sich an ihm vorbei und ließ Wasser in den Kessel laufen.

«Die sind von einem gewissen Tony. Ist er das?»

«Wer soll er denn sein?»

«Ist er der zukünftige Vater deiner Kinder?»

«Er hat mich gefragt, ob ich ihn heiraten will, falls du das meinst.»

«Also, auf diese Weise trittst du bestimmt nicht in die Fußstapfen deiner Mutter. Er ist ganz anders als dein alter Herr.»

«So soll es auch sein.»

«Schon kapiert.»

«Lass uns zur Sache kommen. Weshalb bist du hier?»

«Also, ich habe mir gedacht, es ist nicht leicht, sich ein Bild von einem Menschen zu machen, wenn man auf einem Kreuzfahrtschiff der Realität entrückt ist. Deshalb wollte ich dich in deiner vertrauten Umgebung besuchen.»

«Das klingt nach einem Besuch im Zoo», meinte sie und nestelte verärgert an ihrem Haar.

Der Wasserkessel begann zu pfeifen. «Ich mache Tee», erbot sich Sloan. «Bevorzugst du immer noch Earl Grey?»

Sie starrte ihn so lange an, bis ihm unbehaglich wurde. Er blickte in die Schränke und suchte nach einer Teekanne. Was hatte er eigentlich erwartet? Dass er nur aufzutauchen bräuchte, und schon würde sie sich ihm in die Arme werfen? Wenn ja, so hatte er sich getäuscht. Was hatte Montana gleich noch gemeint? Er solle ihr den Hof machen?

Er setzte sein verführerischstes Grinsen auf. «Ich würde dich gern heute Abend zum Essen einladen.»

«Ich komme gerade aus dem Urlaub zurück. Ein Essen im Restaurant ist das Letzte, worauf ich Lust habe.»

«Dann essen wir eben hier», sagte er, stolz auf seine Geistesgegenwart.

«Auch gut. Dann kaufst du ein, und ich nehme ein ausgedehntes Bad.»

«Was würdest du denn gern kochen?»

«Ich koche nicht.» Sie nahm den Tee mit ins Bad. Das Schloss klickte.

Cassidy ließ sich in die altmodische Badewanne mit Klauenfüßen gleiten. Sollte man nicht eigentlich erfrischt und erholt aus dem Urlaub zurückkommen?

Es war falsch gewesen, sich überhaupt mit Sloan einzulassen. Sie hätte eigentlich wissen müssen, dass es ihr nicht gelingen würde, das Körperliche und die Gefühle auseinanderzuhalten. Mit ihm zu schlafen hatte das alte Gefühl neu entfacht.

Andererseits war die Tatsache, dass Sloan aufgetaucht war, um sie zu umwerben, der Beweis, dass sie ihn schon fast in die Knie gezwungen hatte. Sie würde ihn abweisen, er würde sich davonmachen, und sie könnte einen halben Sieg verbuchen. Oder würde er sich dann erst recht auf die Hinterbeine stellen? Verlangten Männer eigentlich immer nach dem, was sie nicht haben konnten?

Am schlimmsten wäre es, wenn sie klein beigeben würde. Aber stimmte das wirklich? Wenn Sloan sie nur deshalb begehrte, weil er sie nicht haben konnte ... Sie könnte auch eine Hundertachtzig-Grad-Wendung machen und ihm sagen, sie gehöre ihm. Dann sollte er eigentlich Hals über Kopf flüchten.

So durcheinander wie noch nie zog sie sich aus der Badewanne. Vielleicht sollte sie eine Münze werfen. Kopf, sie blieb reserviert und distanziert. Zahl, sie würde so tun, als hätte er sie für sich gewonnen.

Aber eigentlich hatte sie das unbehagliche Gefühl, es käme gar nicht darauf an, welche Rolle sie dabei spielte.

Sloan war nicht gut für sie; sie waren wie Öl und Wasser. Das musste sie ihm klarmachen, damit er sich aus eigenem Antrieb zurückzog.

Das Leben auf einer Ranch hatte den Vor- und Nachteil, dass immer jemand da war, der für einen kochte. Von der Produktfülle im Supermarkt überwältigt, nahm er zu einem hinterlistigen Telefonanruf Zuflucht.

«Gramps, ich bin's ... Ja, ich habe mir gedacht, dass du das Flugzeug sehen würdest. Ist Louise da? Könnte ich sie mal sprechen?»

Sloan packte die Sachen aus, die er auf Louises Rat hin eingekauft hatte. Halt es einfach, hatte ihm sein Rettungsengel geraten. Pasta, Knoblauchbrot, Salat und Wein. Damit müsste eigentlich selbst er klarkommen. Außerdem würde Cass seine Bemühungen sicherlich zu würdigen wissen und ihm ihre Hilfe anbieten.

Im Geiste sah er sie schon beide Seite an Seite harmonisch kochen. Allerdings waren sie in seiner Vorstellung nicht in ihrer Wohnung, sondern in seinem neuen Haus in Black Creek. Das herzerwärmende Bild brachte ihn zum Lächeln, und als Cassidy im Bademantel in die Küche trat, lächelte er noch immer.

«War's schön in der Wanne?», fragte er, als wäre es die natürlichste Sache der Welt, dass er in ihrer Küche stand und Einkäufe auspackte.

«Ich dachte, du wärst gegangen.»

«Ich war einkaufen. Ich habe auch einen Strauß Sonnenhut mitgebracht.»

Ihr Blick schwenkte zu den Blumen und wieder zurück. Louise hatte richtig getippt!

«Als ich die sonnigen Blüten gesehen habe, musste ich an dich denken.»

«Das ist meine Lieblingsblume.»

Sloan lächelte bescheiden. Vielleicht war das mit dem Werben doch nicht so verkehrt.

Er zeigte zum Bad. «Was dagegen, wenn ich mich dusche?»

«Nur zu.»

«Wie wär's, wenn ich dir vorher ein Glas Wein einschenken würde?»

«Prima Idee.»

«Ein hübscher, schlichter Chianti», meinte er. «Ganz Italien in einem kleinen Glas.»

Als er ihr eingeschenkt hatte, schulterte er seine Tasche und schloss sich im Bad ein.

Beim Anblick der Badewanne mit den Klauenfüßen wandte er sich um und rief: «Cass, wo ist eigentlich die Dusche?»

«Ich habe nur eine Handdusche. Die Brause hängt über dem Wasserhahn.»

Was für eine dumme Erfindung! Der dünne Vorhang ließ sich nicht dicht schließen, und wie sollte er sich eigentlich einseifen und waschen, wenn er mit einer Hand den Duschkopf festhalten musste?

Er hatte noch Seifenschaum auf der Haut, als er aufgab und das Wasser abstellte. Das Bad sah aus wie nach einem Rohrbruch, und er war eine ganze Weile damit beschäftigt, das Wasser aufzuwischen. Die vollgesogenen Handtücher warf er in die Badewanne.

Schließlich trat er in der Erwartung, vom Duft des Knoblauchs, der Tomaten und des Basilikums empfangen zu werden, in die Küche. Doch er hatte sich getäuscht.

«Cassidy?»

«Ich bin hier.»

Er ging ins Wohnzimmer hinüber und blieb unvermittelt stehen. Denn auf dem Sofa saß Cassidy neben ihrem Verlobten Tony.

11

«Sloan, ich möchte dir Tony vorstellen, den du ja schon kennengelernt hast. Und weißt du was?» Cassidy schenkte ihm ein reizendes Lächeln. «Zufällig hat er Zeit, zum Essen zu bleiben.»

Beinahe hätte sie laut aufgelacht, als sie seine verdutzte Miene sah. Dass die Weinflasche fast leer war, verstimmte ihn noch mehr.

Tony sprang auf. «Ich habe Wein mitgebracht. Und zwar diesen hier.»

«Tony verfügt über einen ganz hervorragenden Weinkeller», sagte Cassidy.

«Das ist sozusagen mein Hobby», meinte Tony bescheiden. «Ich habe mir gedacht, der Chateau Latour wäre bestens geeignet, um deine Rückkehr zu feiern.» Wie ein beschissener Weinkellner in einem teuren Restaurant zeigte er die Flasche erst Cassidy, dann Sloan.

Cassidy betrachtete das Etikett und klatschte in die Hände. «Wunderbar.»

«Ja, wunderbar», echote Sloan, bemüht, sich seine Verärgerung nicht anmerken zu lassen.

«Sloan, mein Lieber», säuselte Cassidy, «im Kühlschrank ist noch etwas Bruschetta, fertig angerichtet. Wie wär's, wenn du Crostini machen würdest, während ich Tony die Fotos von unserer Kreuzfahrt zeige?»

«Ich soll was machen?»

«Toaste einfach das Baguette, das du mitgebracht hast.»

Er hatte den Eindruck, sie wolle ihn loswerden. «Das Brot passt nicht in den Toaster, der ist zu klein.»

«Leg es aufs Backblech, streich es mit Olivenöl ein und schieb es in den Backofen.»

«Nett von Ihnen, dass Sie sich ums Essen kümmern, während wir uns unterhalten», sagte Tony unverfroren.

Sloan nahm einen ordentlichen Schluck Wein, was den Weinsnob zusammenzucken ließ. «Ich bin halt ein freundlicher Mensch.» Er schenkte sich nach und ging dann in die Küche, wo er lautstark mit dem Geschirr klapperte, damit sie seine Anwesenheit nicht vergaßen. Schließlich hatte er das Backblech gefunden, goss Öl aufs Brot und schob es in den Herd.

Er besah sich den Knoblauch. Würden zwei reichen? Laut Rezept wurden zwei bis drei benötigt.

Allmählich sollte er vielleicht weitermachen. Er schnitt die Tomaten und gab sie zusammen mit dem Knoblauch und dem Basilikum in die Pfanne. Als er das Rezept auf der Pastaverpackung las, kam er sich richtig häuslich vor, und das machte ihn stolz.

Von Überkochen war auf dem Pappkarton freilich nicht die Rede, und so beobachtete er angewidert, wie das Wasser unter dem Deckel hervorschäumte und auf den Herd floss.

«Sloan, was brennt denn da an?» Cassidy erschien in der Tür, dann stürzte sie an ihm vorbei und öffnete die Herdklappe. Es qualmte.

«Du darfst das Brot nicht am Stück rösten. Und du musst aufpassen, dass es nicht anbrennt.» Sie nahm einen Topflappen und warf das geschwärzte Brot in den Abfalleimer. «Hast du überhaupt schon mal gekocht?»

«Ich habe mir gedacht, es gibt immer ein erstes Mal», sagte er mit jungenhaftem Charme. «Außerdem gibt es nichts, was ich nicht für dich tun würde.»

Sie warf einen Blick in die Pfanne, wo drei Knoblauchknollen in der Soße schmorten, und brach in schallendes Gelächter aus. «Den Knoblauch solltest du schälen und in kleine Stücke hacken. Und zwar drei Zehen, nicht drei ganze Knollen.» Mit einer Gabel zog sie ein paar Spaghetti aus dem Topf. «Wie lange kochen die schon?»

Sloan zuckte mit den Schultern. «Die waren steinhart. Ich dachte, sie würden eine Weile brauchen, um weich zu werden.»

«Pasta muss Biss haben.»

«Wie schaffst du es eigentlich, alles gleichzeitig fertig zu bekommen?»

«Mit Übung.»

«Ich übe lieber andere Fertigkeiten», sagte er mit rauer Stimme und zog sie an sich. «Lass uns das ein andermal fertig machen.» In vollen Zügen atmete er den Duft ihres Haares ein. Wie bekam sie nur diesen Blumenduft hin? Sie legte ihre Hände flach auf seine Brust, als wollte sie ihn wegstoßen, dann aber ließ sie sie zu seinen Schultern wandern und zog ihn an sich, während er ihren runden Po umfasste und sie an sich drückte. Sie bog den Oberkörper zurück, sodass ihre Becken aufeinandertrafen, und musterte sein Gesicht mit viel zu ernster Miene.

Sie fühlte sich in seinen Armen wundervoll an. «Ich würde dich lieber vernaschen.» Er küsste sie auf den Nacken, hauchte darauf, züngelte über den empfindsamen Bogen und spürte, wie Cassidy ganz weich wurde und dahinschmolz. Schritt für Schritt, wie bei einem uralten rituellen Tanz, schob er sie rückwärts zum Küchentisch und drückte sie auf die glatte Tischplatte.

Er schob ihr die Beine auseinander, trat dazwischen und ließ seine Hüften an ihr kreisen. Er nahm ihre Körperwärme wahr und schnupperte den betörenden Duft ihrer Erregung. Sein Körper reagierte sofort.

«Tony», flüsterte sie an seinem ausgehungerten, unersättlichen Mund. «Tony ist im Wohnzimmer.»

«Schick ihn weg.» Sloan knabberte und leckte abwechselnd an ihr, während Cassidys Lust ihn machtvoll überströmte und seine Libido auf ein neues Rekordhoch brachte. Ihre Haut war weich, wie Wachs unter seinen Händen, und er knöpfte ihr die Bluse auf und ergötzte sich an ihren Brüsten, was sie leise aufstöhnen ließ.

Am liebsten hätte er sie auf der Stelle genommen, ohne dass der gute alte Tony nebenan es mitbekam, doch die Situation verlangte nach einer intimen Berührung. Er fuhr mit den Fingernägeln über die Innenseite ihrer Schenkel. O ja, sie wand sich an ihm. Ihr Atem beschleunigte sich, und er schob die Hand unter ihren hauchdünnen Slip, den sie unter dem Rock trug. Sie war feucht und heiß, und kaum hatte er sie berührt, da erschauerte sie auch schon, schnappte nach Luft und erstickte einen Schluchzer der Erleichterung.

Zufrieden mit sich, trat Sloan zurück und richtete sich die Kleider. Cassidy schob ihn Richtung Wohnzimmer. «Unterhalte dich mit Tony, während ich das Essen rette.»

«Das wird bestimmt nicht so viel Spaß machen, wie dir beim Kochen zu helfen.»

«Du wärst mir eine schöne Hilfe», meinte sie, knöpfte sich die Bluse zu und stopfte sie in den Rock. «Wie wär's, wenn du schon mal den Esstisch decken würdest?»

«Dein Wunsch ist mir Befehl.»

Tony schaute bei seinem Eintreten vom Computer hoch. «Alles in Ordnung da drüben?»

«Könnte man so sagen», erwiderte Sloan selbstgefällig und stellte das Geschirr samt Besteck auf den Tisch.

Tony setzte das Notebook ab und trat zu ihm. «Cassidy hat mir alles erklärt», sagte er.

«Ach?» Sloan konnte das nicht so recht glauben.

«Ja, sie hat gemeint, dass ihr früher Nachbarn wart und euch später aus den Augen verloren habt.»

«Das war alles?»

Tony zuckte mit den Schultern. «Das ist eine kleine Stadt. Hier sind eine Menge alte Geschichten über die Hardts in Umlauf. Man sagt, sie hätten schon viele Herzen gebrochen.» Das Lachen blieb ihm im Halse stecken.

Sloan klopfte ihm auf den Rücken, etwas fester als nötig. «Das solltest du nicht alles glauben.»

«Du und dein Bruder, ihr wart sozusagen berüchtigt.»

«Gramps nicht zu vergessen», meinte Sloan vergnügt.

«Richtig», sagte Tony merklich verunsichert.

«Was machst du hier in West Bend?», fragte Sloan.

«Ich unterrichte an der West Bend High.»

«Etwas in der Art habe ich mir schon gedacht.»

«Das Essen ist fertig!» Cassidy rauschte mit einer dampfenden Schüssel Pasta herein. Sloan schnupperte anerkennend. «Tony, würdest du mal den Salat holen?»

Sloan machte sich den Umstand zunutze, dass sie die Hände voll hatte, und betastete ihren Po, als sie an ihm vorbei das Essen auf den Tisch stellte. Sie beugte sich vor und streckte den Hintern heraus. Verdammt, er wäre jetzt wirklich gern mit ihr allein gewesen, hätte sie auf den Tisch gelegt, ihr den Rock hochgeschoben und ...

«Sloan, du kannst hier Platz nehmen. Tony, du da drüben. Fehlt noch etwas?»

Salat und Schüsseln mit Pasta wurden herumgereicht und Teller gefüllt. Sloan sprang auf und schenkte Wein ein. Kaum hatte er sich wieder gesetzt, spürte er an seinem Bein die weiche, tastende Berührung ihres nackten Fußes, der mit dem Saum seiner Jeans spielte.

Er lächelte sie über den Tisch hinweg an und hob das Glas. «Ich möchte einen Toast ausbringen. Auf West Bend.»

Tony stieß mit Cassidy an. «Ich bin richtig froh, dass ich hier gelandet bin. Das ist ein wunderbarer Ort, um eine Familie zu gründen.»

Sloan runzelte die Stirn. Es lief nicht so, wie er es geplant hatte. «Ich wette, du unterrichtest Mathe», warf er ein, um den intimen Austausch zu unterbrechen.

«Und Naturwissenschaften.» Der arme, verknallte Tony himmelte Cassidy geradezu an; was sie mit ihrem Fuß unter dem Tisch anstellte, bekam er nicht mit.

«Iss, bevor das Essen kalt wird, Mann. Cass und ich haben in der Küche geschuftet.»

Widerwillig löste Tony den Blick von Cassidy. «Ich kann nur schwer nachvollziehen, dass du von hier weggezogen bist, wo West Bend doch so viel zu bieten hat.»

«Ich habe ein Angebot bekommen, zu dem ich nicht nein sagen konnte», erwiderte Sloan.

«Was für ein Angebot?»

«Eine Ranch zu leiten. Ich kann mir allerdings kaum vorstellen, dass sich ein Lehrer dafür interessiert.»

«Oder eine Hebamme», schloss Tony das Thema ab und wandte sich wieder Cassidy zu. «Was machen eigentlich deine Pläne für das Playfair House?»

Sie zuckte mit den Schultern. «Die befinden sich noch in der Planungsphase.»

Sloan stocherte in der Pasta. Ihm entging nicht, dass Tony sich nach Kräften bemühte, ihn außen vor zu halten. Sollte er seinen kleinen Sieg nur genießen. Die Beute würde auf jeden Fall ihm zufallen.

Als Cassidys Fuß an seinem Bein hochwanderte, auf der empfindsamen Stelle zu liegen kam, dagegen drückte und sich daran rieb, hätte er sich beinahe verschluckt.

«O Mann, ist das heiß!», sagte er und trank einen Schluck Wein. Er schob eine Hand unter den Tisch, den Blick unverwandt auf Cassidy gerichtet, die ihn mit dem Fuß liebkoste.

Ihre Augen weiteten sich, und ihre Lippen kräuselten sich zu einem verstohlenen Lächeln, während sie so tat, als hörte sie dem unablässig plappernden Tony zu.

Sloan war gerade in einer besonders reizvollen Phantasie gefangen, die um Erdbeeren und Schlagsahne kreiste, als Tony unvermittelt aufsprang und das Geschirr abräumte, sodass er für einen Moment mit Cassidy allein war. Sogleich drückte er das Becken gegen ihren Fuß. Sein Atem vertiefte sich, als er sich vorstellte, was er alles mit ihr anstellen würde, wenn Tony fort wäre.

«Danke, Tony.» Sie zog den Fuß zurück und erhob sich.

Sloan schaute sich um. Ja, der gute alte Tony war wieder da.

«Ich denke, ihr werdet wohl Verständnis dafür haben, wenn ich mich jetzt zurückziehe. Schließlich war es ein langer Tag.»

Sloan lächelte still in sich hinein. Offenbar war sie besorgt um ihren Ruf. Das war nur recht und billig. Er würde vor den Augen des Lehrers wegfahren und dann in der Nebenstraße parken.

Leider hatte der gute alte Tony die gleiche Idee.

Cassidy putzte sich gerade die Zähne, als von der Hinterveranda ein seltsames Poltern zu vernehmen war. Sie schaltete die Außenbeleuchtung ein und erblickte Sloan und Tony, die sich wie zwei Schuljungs einen Faustkampf lieferten.

«Dürfte ich mal erfahren, was ihr hier macht?»

«Ich habe ihn dabei erwischt, wie er sich ins Haus schleichen wollte», antwortete Sloan und wischte sich Blut von der Lippe.

«Allerdings war ich als Erster hier», sagte Tony. Er hatte ein blaues Auge, das bereits anschwoll. «Was zum Teufel hast du hier auf dem Hof eigentlich verloren?»

«Das geht dich einen Scheißdreck an.»

«Sag du es ihm, Cassidy», meinte Tony. «Mit wem hast du beim Essen Zärtlichkeiten ausgetauscht, mit ihm oder mit mir?»

Sloan lachte laut auf. «Offenbar mit uns beiden. Was sollte das, Cass? Wolltest du auf Nummer sicher gehen?»

«Ihr seid Vollidioten», schimpfte Cassidy, errötete jedoch heftig und wich den Blicken der beiden Männer aus.

«Wer von uns beiden sollte die unausgesprochene Einladung denn nun annehmen?»

«Keiner. Und jetzt verschwindet. Ich gehe ins Bett. Und zwar allein!»

Sie lauschte im Dunkeln, während Sloan und Tony ihre Fahrzeuge anließen und wegfuhren. Das leise Brummen von

Tonys bescheidenem Wagen wurde übertönt vom lauten Grollen von Sloans Farmtruck, was den Unterschied zwischen den beiden Männern noch einmal verdeutlichte. Für den Fall, dass erneut einer zurückkommen sollte, spitzte sie auch weiterhin die Ohren, hoffte allerdings, dass sie endlich Ruhe hätte.

Was sie heute getan hatte, war dumm gewesen. Allerdings hatte es ihr großen Spaß gemacht, dass zwei Männer gleichzeitig um ihre Aufmerksamkeit buhlten.

Sloan erwies sich allmählich als richtiger Plagegeist. Dass er sie zu Hause abpasste, hatte bei ihr Panik ausgelöst, weshalb sie es für geraten gehalten hatte, Tony einzuschalten. Doch anstatt die Situation zu entspannen, hatte es ihr lediglich die Aussichtslosigkeit ihrer Lage vor Augen geführt. Sollte es wirklich sein, dass sie den einen Mann liebte und den anderen heiratete?

Tony einzuladen war ein Fehler gewesen. Wenn man sie nebeneinanderstellte, traten die Unterschiede zwischen beiden Männern umso deutlicher hervor. Zum Teufel mit Sloan. Angeblich konnte sich zwischen zwei Menschen, die einander bewunderten, sich gegenseitig respektierten und sich entschlossen, ein gemeinsames Leben zu beginnen, mit der Zeit Liebe entwickeln. Doch solange sie solche Gefühle für Sloan hegte, konnte sie Tony nicht heiraten. Er bedeutete ihr zu viel, als dass sie ihm die Leidenschaft hätte vorenthalten dürfen, die er verdiente.

Sloan hingegen glich einem Wildpferd, das seine Freiheit braucht, um sich wohl zu fühlen. Einen solch ungezähmten Geist konnte man nicht unterwerfen oder zähmen. Es war ein Fehler gewesen, es überhaupt zu versuchen.

Sie wälzte sich noch immer unruhig im Bett, als das Telefon läutete.

«Cassidy? Gott sei Dank sind Sie wieder da. Hier spricht Mike Nemchuck. Julie meint, es wäre so weit.»

Cassidy war augenblicklich hellwach und sprang aus dem Bett. «Wo ist sie jetzt?»

«Sie nimmt gerade ein Bad.»

«Kann ich sie mal sprechen?»

«Hi, Cassidy. Ich hab Ihnen doch gesagt, ich würde warten, bis Sie wieder da sind», meldete sich Julie.

«Ich bin froh, dass das geklappt hat. Alles okay?»

«Bisher läuft alles glatt.»

«Bis jetzt war's auch ein Kinderspiel.»

Cassidy nahm ihre Tasche und rannte zum Wagen. Auf der Straße, die zu Nemchucks Farm führte, war es stockdunkel, und im Rückspiegel näherten sich rasch die Scheinwerfer eines anderen Fahrzeugs. Sie kannte die Straße wie ihre Westentasche und hatte keine Bedenken, Gas zu geben, doch wäre es ihr lieber gewesen, der andere Fahrer wäre nicht ganz so dicht aufgefahren.

Meile um Meile klebte das Fahrzeug an ihrer Stoßstange, und allmählich wurde es ihr doch etwas unheimlich. Endlich erreichte sie die Farm. Sie fuhr von der Straße ab und sah voller Unbehagen, dass der andere Wagen ihr folgte.

Sie zog die Handbremse an und stieg aus. In diesem Moment öffnete sich die Tür des Trucks, der ihr gefolgt war. Im Scheinwerferlicht erkannte sie den Fahrer.

«Sloan Hardt! Du hast mich zu Tode erschreckt. Weshalb verfolgst du mich mitten in der Nacht?»

«Wohnt hier der Lehrer?»

«Du mischst dich in die Dinge ein, die dich nichts angehen.»

Er verstellte ihr den Weg. «Warte einen Moment. Hör mich an.»

Sie war dermaßen aufgebracht, dass sie kaum Worte fand. Sie stieß ihn vor die Brust. «Geh mir aus dem Weg. Da drinnen ist eine Frau, der ich bei der Geburt helfen muss.»

Die Tür des Farmhauses ging auf, und die Silhouette eines Mannes zeichnete sich darin ab. «Hi, Cassidy.»

«Kommen Sie mal her, Mike!», rief sie, dann wandte sie sich genervt Sloan zu. «Linda Nemchuck kommt zum sechsten Mal binnen sieben Jahren nieder. Sie verträgt die Pille nicht, und ihr Mann ist ein zu großer Macho, um sich sterilisieren zu lassen, obwohl sie jetzt schon Mühe haben, ihre Kinder zu ernähren. Sie ist so alt wie wir und bereits erschöpft und verbraucht.

Also, wenn *du* auf keinen Fall Kinder haben willst, dann tu wenigstens du das Richtige.» Sie schlüpfte an ihm vorbei und stieg die Verandatreppe hoch. «Oder noch besser, hilf Mike, die Kinder in die Scheune zu bringen. Linda möchte nicht, dass sie etwas mitbekommen.»

12

Was war er doch für ein selbstsüchtiger Mistkerl.

Es war ein Schock für ihn, Cassidy bei der Ausübung ihres Berufs zu erleben, denn bislang hatte er sie als Accessoire betrachtet, das sich irgendwie in sein Leben fügte. Aber sie führte nicht nur ein Eigenleben, sondern es gab darin auch keinen Platz für ihn; und was sie am wenigsten gebrauchen konnte, war, dass er sie bei der Arbeit störte.

Alles in ihm schrie danach, zum Truck zurückzugehen und sich mit Vollgas aus dem Staub zu machen, doch er achtete nicht auf seinen Instinkt, sondern stellte den Motor ab und folgte Cassidy in das heruntergekommene Farmhaus.

Sie zeigte auf eine schmale Treppe. «Die Kinder sind oben. Hilf Mike.»

Er hatte keine Erfahrung im Umgang mit Kindern, und hier gab es gleich eine ganze Menge davon; großäugig und mit bleichen Gesichtern, einige wacher als die anderen, drängten sie sich auf dem schlafsaalartigen Dachboden aneinander. Ihr Vater hielt eins auf dem Arm, das anscheinend noch nicht laufen konnte.

«Könnten Sie vielleicht Mac hinuntertragen?», fragte Mike.

Sloan hob das zweitkleinste Kind hoch, das den Daumen aus dem Mund nahm und auf einen zerzausten einohrigen Teddybären zeigte. Sloan nahm den Bären in die andere Hand und stieg hinter den Kindern und ihrem Dad die Treppe hinunter. Der kleine Junge fühlte sich mager an und schmiegte seinen Kopf vertrauensvoll an Sloans Schulter.

Als sie am Elternschlafzimmer vorbeikamen, war ein gedämpfter Schrei zu vernehmen. Sloan konnte nur hoffen, dass die Kinder zu schläfrig waren, um es zu bemerken. Er schob die Nachhut der Prozession durch die Tür nach draußen und die morsche Verandatreppe hinunter.

In der Scheune nahm jedes Kind eine Decke von einem Stapel beim Tor, dann kuschelten sie sich ins Stroh. Sloan kannte es nur von Tieren, dass sie sich tröstend aneinanderdrängten und sich gegenseitig wärmten. Als er den Jungen abgesetzt hatte, blieb er stehen, die Hände in den Taschen.

«Danke, Mann», sagte Mike. «Ich muss wieder ins Haus.» Er ruckte mit dem Kopf und zeigte zur Farm.

«Aber –»

«Sie müssen nicht hierbleiben», meinte Mike. «Die Kinder kommen auch allein klar. Außerdem bin ich wahrscheinlich schon bald wieder zurück.»

Sloan blickte auf die Kinder nieder, die vertrauensvoll zu ihm hochschauten. «Ich schätze, ich werde im Moment nirgendwo sonst gebraucht.»

Er zog einen Hocker heran und beobachtete, wie die Kinder allmählich zur Ruhe kamen. Sie spürten, dass sich etwas Besonderes tat, waren aber noch zu jung, um es zu begreifen.

«Mister, ich muss mal», sagte das kleine Kerlchen mit Namen Mac, das er getragen hatte. Der Junge stand in einem schlecht passenden Schlafanzug vor ihm und wirkte hilflos und klein.

«Okay. Wo?»

Mac hob die mageren Schultern. Draußen, vermutete Sloan.

«Na, dann mal los.» Er erhob sich und versuchte, seiner Stimme einen gebieterischen Klang zu verleihen, wie er es gewohnt war. Kleine, kalte Finger schlossen sich um seine Hand.

Der Kleine führte ihn zu einem ausladenden Ahornbaum, dessen Geäst sich als Silhouette vom mondscheinerhellten Himmel abhob. Er nahm dicht davor Aufstellung, zielte auf den Baum und lachte auf, als er ihn traf.

«Pass auf, dass dich keine Spritzer treffen», meinte Sloan warnend.

«Spritzer», wiederholte der Junge, erfreut darüber, ein neues Wort gelernt zu haben.

Als er fertig war, stapfte er zurück zur Scheune.

Sloan hatte den Eindruck, er habe eben erst auf dem Hocker Platz genommen, als auch schon Mike auftauchte und verkündete, es sei ein Mädchen. Er war offenbar hin- und hergerissen zwischen dem Wunsch, seine Kinder zu beruhigen, und dem Bedürfnis, seiner Frau Gesellschaft zu leisten.

Sloan verstand sich weder auf das eine noch das andere.

Er machte sich so bald wie möglich davon, und als er nach Black Creek zurückflog, dämmerte bereits der Morgen.

Als er die Farm erreichte, hatte er das Gefühl, er sei Monate fort gewesen und nicht nur eine Woche. War es nur Einbildung, oder hatte sich die Landschaft in seiner Abwesenheit tatsächlich verändert? Als die Sonne über den Horizont emporstieg und den Rest der Landschaft aufweckte, wirkten die Hügel dunkler und das Farmland grüner.

Im Haus regten sich gerade die ersten Frühaufsteher. Er ging zu Helens Flügel, den sie ihm bis zur Fertigstellung seines Hauses überlassen hatte.

«Du kommst ja verdammt früh nach Haus.» Steele hatte ihn dabei ertappt, wie er auf Zehenspitzen durch den Korridor schlich, die Stiefel in der Hand.

«Weshalb bist du schon so früh auf den Beinen?»

«Hab das Flugzeug gehört. Was ist passiert?»

«Nichts. Mir ist nur eben klargeworden, dass sie genauso wenig in meine Welt passt wie ich in die ihre.»

«Du meinst, du hast aufgegeben?»

«Eher würdevoll zurückgezogen, würde ich sagen.»

Sie fixierten einander, und Sloan wusste genau, was Steele dachte: *Ein Hardt gibt nicht klein bei.*

«Man kann nicht etwas beenden, was noch gar nicht richtig angefangen hat», meinte er.

Steele nickte bedächtig, und wenn Sloan gewollt hätte, wäre die Unterhaltung damit beendet gewesen.

«Wie hast *du* das eigentlich geschafft?», fragte er.

«Was geschafft?»

«Dich mit Montana hier einzurichten.»

«Ich kann überall leben und arbeiten. Die Entscheidung für Black Creek fiel mir leicht.»

«Ja, aber ...»

«Ich habe keine Opfer gebracht, um hier zu leben. Ebenso wenig wie du, als du dich entschieden hast, die Ranch zu übernehmen.»

«Cassidy könnte hier nicht leben. Das ist mein Leben, nicht ihres.»

«Habt ihr schon darüber gesprochen?»

«Nein», antwortete Sloan. «Und ich möchte auch jetzt nicht drüber reden.»

Steele hob die Brauen. «Du hast damit angefangen.»

«Und jetzt schließe ich das Thema ab.»

Die Wochen verstrichen, während Sloan auf der Ranch arbeitete und jede freie Minute auf sein Haus verwandte. Wenn Montana das Baby bekam, wollte er es fertig haben.

Zwar bewohnte er sein eigenes Reich, ging aber davon aus, dass die frischgebackenen Eltern lieber unter sich bleiben würden. Er grinste. Außerdem konnte er Babygeschrei nicht ausstehen.

Falls er gehofft hatte, das hohe Arbeitstempo würde Cassidy aus seinen Gedanken vertreiben, so hatte er sich getäuscht. Eher trat die gegenteilige Wirkung ein. Immer wenn er allein war, was häufig der Fall war, kreisten seine Gedanken um sie. Er überlegte, was sie wohl gerade tat und ob sie auch nur halb so oft an ihn dachte wie er an sie.

«Ich werde meine Pflichten als Präsidentin der Handelskammer nicht vernachlässigen», stellte Montana unmissverständlich klar.

«Na schön», sagte Steele. «Wenn du unbedingt zu der Sitzung willst, dann fahre ich dich.»

«Wenn du ernsthaft glaubst, ich würde nur dann aus dem

Haus gehen, wenn du mich herumkutschierst, hast du dich getäuscht.»

«Der Arzt hat gemeint, du sollst es in den letzten Monaten ruhiger angehen lassen.»

«Der alte Quacksalber! Als ob der schon mal ein Kind bekommen hätte!»

Montana wandte sich ab und stapfte davon. Steele war ein kluger Mann, deshalb verzichtete er darauf, ihr nachzulaufen.

Sie hatte das Gefühl, sie würde noch durchdrehen, wenn sie nicht bald aus dem Haus kam. Steele hatte die Angestellten des Spa bereits informiert, dass Montana nicht arbeiten durfte und man sie wie eine Kranke behandeln sollte. Die ganze Situation ging ihr auf den Geist.

Weil sie einfach etwas tun wollte, sattelte sie Brown Sugar und saß mühsam auf, was in Anbetracht ihrer Leibesfülle kein einfaches Unterfangen war.

Doch es war die Mühe wert. Das Pferd schlug ein gemächliches Schritttempo an, und ihr Zorn verflüchtigte sich nach und nach. Sie würde einfach ein bisschen frische Luft schnappen, dann wieder nach Hause reiten und ein Nickerchen machen wie ein braves Mädchen. Sie wurde in letzter Zeit schnell müde, was sie ebenfalls fürchterlich ärgerte, denn eigentlich hatte sie vorgehabt, so lange weiterzuarbeiten, bis die Wehen einsetzten, das Kind zur Welt zu bringen und gleich weiterzumachen.

Ihr Körper aber machte ihr einen Strich durch die Rechnung. Und Steele desgleichen. *Das* ärgerte sie am meisten.

Sie genoss das ungewohnte Gefühl von Freiheit, als sich auf einmal lautes Hufgetrappel näherte. Sie schaute sich über die Schulter um und erblickte Steele, der ihr nachgaloppiert kam.

«Was zum Teufel hast du dir dabei gedacht, Frau?» Als Steele zu ihr aufschloss, blieb Brown Sugar von sich aus stehen.

«Hallo erst mal.» Montana ließ sich von seinem Zorn nicht aus der Fassung bringen. Im Verlauf ihrer Schwangerschaft war Steele immer fürsorglicher geworden. Zunächst hatte sie das reizend gefunden, doch in letzter Zeit ging ihr sein ständiges Bemuttern nur noch auf die Nerven.

«Das wird wohl allmählich zur Gewohnheit, dass du dich über meine Ratschläge hinwegsetzt.»

«Du solltest mal damit aufhören, mich herumzukommandieren, als könnte ich keine selbständigen Entscheidungen treffen.» Sie funkelten einander an, während die Pferde unruhig auf der Stelle tänzelten. Offenbar spürten sie die Spannung.

Sloan witterte die Spannung schon aus einer Meile Entfernung. Er sah auf den ersten Blick, dass Steele Montana in Rage gebracht hatte. Steele verstand sich darauf, andere Menschen aufzubringen, und hatte die ärgerliche Angewohnheit, stets seinen Kopf durchsetzen zu wollen.

Sloan straffte sich und ritt ins Getümmel. «Wie geht's denn der zukünftigen Mutter? Wolltest du mal nach schauen, wie es mit meinem Haus vorangeht?»

«Ermutige sie nicht auch noch!» Steeles Zorn wandte sich nun gegen Sloan, genau wie der es beabsichtigt hatte.

«Hast du nicht gemeint, der Arzt hätte gesagt, sie sollte sich nicht aufregen?»

«Halt du dich da raus, Sloan!», knurrte Steele.

Er zuckte mit den Schultern. «Ich wollte nur Anteil an der Familie nehmen.»

«Du wolltest was?», fragte Steele unvermittelt. Seine Verärgerung hatte sich verflüchtigt, und er rückte näher an

Montana heran. Sein Tonfall klang auf einmal sanft und besorgt.

«Es geht schon wieder.» Sie wischte sich mit dem Handrücken über die kreidebleiche Stirn. «Mir ist nur ein bisschen schwindelig geworden.»

Steele saß ab und schwang sich hinter Montana auf den Pferderücken. Er legte schützend die Arme um sie und nahm ihr die Zügel aus der Hand.

«Ich habe mich verhalten wie ein gefühlloser Idiot.»

Sie wandte den Kopf und lehnte ihn gegen seine Schulter, offensichtlich froh darüber, dass er sie stützte. «Ja, das hast du», murmelte sie. «*Dein* Leben hat sich schließlich kein bisschen verändert. Ich bin diejenige, die fett und unbeholfen geworden ist.»

«Ihr beide reitet über den Wanderweg zurück», sagte Sloan. «Ich kümmere mich um Rowly.» Er ergriff die Zügel von Steeles Pferd und brachte es in den Stall. Im Ranchhaus rief er in der Arztpraxis an und machte einen Termin aus.

Cassidy legte Handtasche und Schlüsselbund auf den Küchentisch und ging ins Bad, drehte den Wasserhahn auf und warf eine Handvoll Badekristalle in die Wanne, die hoffentlich die auf der Verpackung versprochene beruhigende Wirkung entfalten würden. Im Schlafzimmer zog sie sich aus, schlüpfte in den Bademantel und band sich das Haar zu einem Knoten.

In letzter Zeit tauchten nach jedem kleinen Triumph neue Hindernisse für ihr Mutter-und-Kind-Zentrum auf.

Mit etwas Mühe entkorkte sie eine Flasche Viognier, die sie auf dem Heimweg gekauft hatte, und feierte die Annahme ihres Businessplans. West Bend war in vielerlei Hinsicht eine ausgesprochen konservative Kleinstadt. Die

Bürger wollten nicht wahrhaben, dass Teenager Sex hatten, weshalb die Mädchen, die in Schwierigkeiten gerieten, ausgegrenzt und abgeschoben wurden.

Während früher die Kinder in aller Stille adoptiert worden waren, behielten heute die meisten jungen Mütter ihre Kinder, mussten aber dann bald feststellen, dass sie auf ein Leben als Alleinerziehende mit wenig Geld schlecht vorbereitet waren.

Aufgrund des Drucks der Anwohner, die keinen sozialen Treffpunkt in ihrer Nähe wollten, da sie fürchteten, er könnte unerwünschte Elemente anziehen und den Wert ihrer Grundstücke mindern, war der Stadtrat entschlossen, die Umnutzung des Hauses, das sie erwerben wollte, zu verweigern.

Sie schenkte sich ein großes Glas Wein ein und nahm es mit ins Bad, wo der Schaum bereits über den Rand quoll. Sie zündete ein paar Kerzen an, schaltete die kleine Stereoanlage ein und glitt ins warme Wasser.

Sie legte den Kopf aufs Badewannenkissen und tat etwas, das sie sich eigentlich verboten hatte: Sie schloss die Augen, dachte an Sloan und stellte sich vor, er sei bei ihr. Sie trank einen Schluck Wein und erzählte ihm in Gedanken von ihrem Tag, von ihren Plänen und Einsichten. Und er brachte sie auf seine unnachahmliche Art auf andere Gedanken.

Wenn sie an Sloans Hände, Sloans Mund, Sloans Körper dachte, prickelte ihr ganzer Leib.

Sie hätte eine andere CD einlegen sollen; die Sängerin schmachtete von einem Lover, den sie nie kriegen würde.

Cassidy stellte das Glas ab und massierte langsam ihre Brüste. Die Nippel versteiften sich. Eine wohlige Wärme machte sich in ihr breit, und das verlangende Pulsieren in ihrer Lustgrotte verstärkte sich.

Sie stieß einen langen Seufzer aus, erfüllt von Verlangen. Sie schöpfte eine Handvoll Schaum und verteilte ihn auf ihrer Brust, dann pustete sie sachte darauf und spürte, wie die Brustwarzen auf den sanften Kitzel reagierten.

Sie stellte sich vor, sie sähe sich im Spiegel. Kerzenschein war einer Frau eindeutig am zuträglichsten. Sie mochte sogar ihr Haar, ein Durcheinander sich kräuselnder roter Strähnen. Ihr Gesicht glühte heiß und war mit Schweißtropfen benetzt.

Sie fuhr mit den Fingernägeln über ihre Nippel und umkreiste die rosigen Brustspitzen, dann legte sie die Hände darum, als böte sie sie einem imaginären Liebhaber dar.

Ihre Finger strichen über ihren Bauch und wanderten tiefer, suchten die vor Verlangen pochende Spalte. Sie schloss die Augen und verlor sich in ihren Phantasien, als sie zum Gefäß ihrer Lustlilie vordrang. Ihr wundervoller, empfindsamer Kitzler schwoll unter ihren Fingerspitzen an und belohnte sie mit den ersten Lustschauern, welche die Erlösung ankündigten.

Ihre Phantasie war so real, dass sie einfach nicht wollte, dass sie endete. Sie stellte sich vor, Sloans Lippen berührten ihren Hals, und seine Hände auf ihren Brüsten steigerten den Luststrom, der in die innere Grotte ihres goldenen Dreiecks mündete.

Ihr Atem beschleunigte sich. Eine Woge der Lust durchströmte sie und trug sie zum Höhepunkt. Mit einem Aufschrei bäumte sie sich auf.

Sie ließ ihre Finger dort, denn sie übten einen beruhigenden Druck auf ihre Muschi aus und nahmen die Nachschauer auf, während das Pulsieren allmählich abflaute.

Aber wenn ihre Hände im Schoß ruhten, wessen Hände lagen dann auf ihren Brüsten?

Mit einem Schrei setzte sie sich auf und schlug Sloans Hände weg.

«Cassidy, ist ja gut. Alles in Ordnung.»

«Wie – wie –» Es hatte ihr die Sprache verschlagen, und das Herz schlug ihr bis zum Hals.

«Ich dachte, du hättest mich im Spiegel gesehen. Ich wollte dir keinen Schrecken einjagen. Als ich reinkam, habe ich nach dir gerufen, aber die Musik war so laut. Und da habe ich mich sozusagen eingeklinkt.»

Während der Schock allmählich nachließ, starrte sie ihn ungläubig an. Also war es gar keine Phantasie gewesen. Er stand leibhaftig in ihrem Bad.

Sloan setzte sich auf den Rand der Badewanne, legte die Hände um ihr Gesicht und spielte mit ihren Haarsträhnen. «Du bist so wunderschön. Ich musste einfach zu dir kommen.»

Sie atmete stoßweise und konnte es einfach nicht glauben. Wie lange sehnte sie sich schon danach, diese Worte zu vernehmen, wie lange träumte sie davon, dass Sloan sie begehrte und ihre Nähe suchte?

Als sie sich aufrichtete, nahm er ein Handtuch vom Heizkörper, schlang es ihr um den Leib, hob sie aus der Wanne und schloss sie in die Arme.

Er trug sie ins Schlafzimmer, legte sie aufs Bett und packte sie aus wie ein kostbares Geschenk, schwelgte im Anblick ihres nackten Leibes.

Sie streckte die Arme aus und nestelte an seinem Hemd, das er sich über den Kopf streifte, ohne sich die Mühe zu machen, es aufzuknöpfen.

Dann legte er sich auf sie. Sein Bizeps spannte sich an, als er sich abstützte und sie mit seiner Zunge ein zweites Mal badete.

13

Kerzenschein strömte aus dem Bad und tauchte das Zimmer in ein warmes Licht. Nach dem heißen Bad erschauerte sie unter dem Gegensatz von kühler Luft und Sloans heißem Mund.

Sie nahm sich vor, ihn so in Erinnerung zu behalten, wie sie ihn jetzt sah; mit nacktem Oberkörper und Jeans, das Haar liebenswert zerzaust, mit Eintagebart und dunklen Augen voller Verheißung. Sie legte die Hände um sein Gesicht und vermochte noch immer kaum zu glauben, dass er leibhaftig bei ihr war. Er wandte den Kopf und küsste sie auf die Handfläche, als wollte er sie seiner Gegenwart versichern. Sie seufzte zufrieden auf. Später hätten sie ausreichend Zeit, miteinander zu reden.

«Beweg dich nicht. Lieg einfach nur still da und lass dich von mir verwöhnen.»

Sie gehorchte, während Sloan jeden Quadratzentimeter ihrer Haut erkundete und erogene Zonen entdeckte, von deren Existenz sie bislang nichts geahnt hatte. Er leckte, schmeckte und knabberte und gab ein beifälliges Gemurmel von sich, während er die weiche Haut in der Armbeuge, am Ellbogen und in den Kniekehlen erkundete.

Als er über ihre Schenkel leckte, stand ihr Körper bereits in Flammen, bebte und prickelte, drängender als je zuvor.

Dabei ging es nicht nur um Berührung und Sex, sondern um viel mehr.

Sloan, wie sie ihn von früher her kannte, Sloan, der jetzt bei ihr war – die Bilder überlagerten sich und verschmolzen ineinander; zu dem Mann ihrer Phantasien und ihrer Träume.

Sie hörte nicht auf ihre innere Stimme, die sie warnte, dass dies keine Bordaffäre sei. Dies hier war ihr Reich, ihr Bett, ihr Leben, und Sloan nahm es mit der gleichen Selbstverständlichkeit in Beschlag wie zuvor ihre Gedanken und Träume.

In diesem Moment war sie am Ziel ihrer Wünsche. Dieser Mann war genau der Richtige.

Sie spürte, wie seine Koteletten über die empfindsame Innenseite ihres Schenkels streiften, aufreizend, quälend, ihr begieriges, pochendes Lustzentrum umkreisend.

Dann kam er ihrer Spalte näher, fuhr mit der Zunge über die inneren Blütenblätter. Sie spürte seinen heißen Atem. Die leiseste Bewegung hätte ausgereicht, ihn zu ihrer Lustperle zu lenken, doch sie rührte sich nicht; sie brachte es einfach nicht fertig.

Sie unterdrückte das Gefühl der Hilflosigkeit und gab sich ganz dieser Erfahrung hin. Und da geschah etwas Wundervolles.

Tief in ihrem Innern wallte Selbstbewusstsein auf, eine Woge der Erneuerung. Sloan hatte sie nicht erschöpft, sondern erfrischt und neu aufgeladen. Und während die Energie sie durchströmte, saugte er an ihrem Lustzentrum, bezüngelte es und verschaffte ihr vollkommene Erfüllung. Sie hätte schwören können, dass sich ihr von Lustschauern geschüttelter Körper in bebender Ekstase vom Bett abhob.

«Mein Gott, was hast du mit mir gemacht?» Die Nachschauer durchzuckten sie wie elektrische Stromstöße, und sie begriff, dass nichts so sein würde wie zuvor.

«Schatz, ich fange gerade erst an.» Er zog die Jeans aus, dann stand er vor ihr, nackt, wie Gott ihn erschaffen hatte. Beim Anblick seines prachtvollen Schwanzes, der sich ihr entgegenreckte, lief ihr das Wasser im Mund zusammen.

Er streifte sie mit seiner Eichel und folgte dem Weg, den zuvor sein Mund genommen hatte. Er berührte ihre Brüste, ihren Unterarm, ihren Bauch, ihre Knie. Sein Schwanz war ein Zauberstab, der sie so stark entflammte, dass es kaum mehr auszuhalten war, als er ihre Schamlippen und den Kitzler neckte und sich gleich wieder zurückzog, während sie ihm das Becken entgegenstemmte und ihn in sich aufzunehmen suchte.

«Ich will dich!» Eine herrische Forderung.

Er lachte. «Bekommst du immer deinen Willen?»

«Wohl kaum.»

«Dann wollen wir jetzt mal eine Ausnahme machen.»

Er drehte sich auf den Rücken und zog sie mit sich, sodass sie auf ihm zu sitzen kam.

Sie widerstand der Versuchung, sich auf ihn zu werfen und seinen Steifen zu reiten. «Jetzt verwöhne ich dich.»

Mit gespreizten Beinen glitt sie über ihn. Von ihrem erregten Kitzler ging ein lustvolles Prickeln aus, als sich ihre Muschi an seinen Oberkörper schmiegte. Sie bewegte das Becken hin und her und benetzte mit der Feuchtigkeit ihrer Lust seine Haut. Dann neigte sie sich vor und ließ ihre Brüste über sein Gesicht streifen, wich seinem suchenden Mund jedoch aus.

Schließlich ließ sie ihn ihre Brüste abwechselnd saugen und kneten.

Keuchend und sich windend legte sie die Hand um seinen Schwanz, dirigierte ihn zu ihrem Kitzler und brachte sich damit wie mit einem Vibrator zum Orgasmus. Sie kam mit einem leisen Schluchzen, dann schloss sie die Hand um seine Latte und pumpte auf und ab, stimulierte gleichzeitig ihn und sich selbst, bis sie ihn schließlich mit einem triumphierenden Aufschrei in sich aufnahm.

Die Hände auf seine Brust gestützt, ritt sie ihn schamlos, sich aufbäumend und sich windend, hin und her, vor und zurück. Er fasste sie bei den Hüften, um sie zu bremsen, doch sie ließ es nicht zu, sondern verdoppelte stattdessen ihre Anstrengung, bis die Gewalt ihres Orgasmus ihn kurz nach ihr in den großen Abgrund schleuderte.

Völlig ausgelaugt sackte sie auf ihm zusammen. Es dauerte eine ganze Weile, bis sie wieder Kraft zum Sprechen hatten. Aber brauchte man nach einem solchen Erlebnis wirklich große Worte zu machen?

«Sag mir, dass du wirklich anwesend bist», meinte sie und streichelte seinen schweißnassen Körper. «Dass ich dich nicht nur in meiner Vorstellung heraufbeschworen habe.»

Er streifte ihr mit einer intimen, liebevollen Geste das Haar aus der Stirn, als wollte er sie in allen Einzelheiten betrachten. «Ich bin da.» Er deckte sie mit dem Laken zu, und dann lagen sie ineinander verschlungen da, während sich ihr Atem allmählich wieder beruhigte.

Sie hatte gar nicht gewusst, wie sehr sie nach seiner Berührung verlangte. Selbst jetzt, da sie befriedigt war, konnte sie nicht aufhören, ihn zu streicheln, so als hätte ihre Berührung die Macht, ihn dazubehalten.

«Das war ein spontaner Entschluss.»

«Ich liebe Spontaneität.»

«Ich habe dir sogar Krabbenbrot mit Broccoli mitgebracht, das du so gerne magst.»

«Du hast was zu essen dabei? Worauf wartest du noch? Bring's her!»

«Mir war schon klar, dass ich dich mit meinen Kochkünsten nicht beeindrucken konnte.»

Als er aufstehen wollte, ergriff sie seine Hand. «Weshalb möchtest du mich überhaupt beeindrucken?»

«‹Beeindrucken› ist vielleicht nicht das richtige Wort.»

Er holte zwei Imbisskartons und Essstäbchen aus der Küche und setzte sich neben ihr aufs Bett. Cassidy war hin und weg. Mit Sloan im Bett chinesisch essen; ein weiterer wahrgewordener Traum. Plötzlich hatte sie Heißhunger, und die Enttäuschungen des Tages verflüchtigten sich in der Nachglut tiefer Zufriedenheit.

«Viel besser kann es nicht mehr kommen.»

Sloan räusperte sich verlegen. Er wandte sich weg, setzte das Essen ab und schaute sie an.

«Ich möchte dich etwas fragen. Du musst mir nicht gleich eine Antwort geben. Nimm dir ruhig Zeit zum Nachdenken.»

Ach herrje! Sie hätte nie geglaubt, dass er ihr einen Heiratsantrag machen könnte!

«In Ordnung», sagte sie gefasst. Sie schluckte ihre Erregung hinunter und schaute ihn erwartungsvoll an.

«Wärst du bereit, so lange, bis Montana ihr Baby bekommen hat, in Black Creek zu wohnen?»

«Was?» Sie versteifte sich und drückte schützend das Laken an die Brust.

«Ich weiß, das ist viel verlangt. Aber ich habe Steele noch nie so außer sich erlebt. Montana hat strikte Bettruhe verordnet bekommen, und damit kommt sie nicht gut zurecht. Die Ranch ist so weit von der Stadt entfernt, und falls es bei ihr oder dem Baby zu Komplikationen kommt ...»

Cassidy hatte das Gefühl, etwas zerreiße in ihr. Er war wegen seiner Familie hergekommen.

Weshalb hatte sie zugelassen, dass sie ins Träumen geraten war? Weshalb hatte sie ihre Energie verschwendet?

«Ich habe auch noch andere Kunden», erwiderte sie mit ausdrucksloser Stimme.

«Ich weiß», sagte Sloan. «Aber du hast auch noch eine Partnerin. Sie könnte sich doch eine Zeitlang um alles kümmern, so wie in der Zeit, als du auf Kreuzfahrt warst.»

Er hatte Informationen über sie eingeholt. Sie war sich nicht sicher, ob sie sich geschmeichelt fühlen oder sich ärgern sollte. «Weshalb muss Montana das Bett hüten?»

«Sie hat zu hohen Blutdruck.»

«Wie hoch ist er denn?»

Sloan zuckte mit den Schultern.

«Hypertonie kommt bei der ersten Schwangerschaft recht häufig vor.»

«Sie nimmt das fürchterlich persönlich, als hätte sie etwas falsch gemacht und irgendwie versagt.»

«Das ist wenig hilfreich.»

Sloan reichte ihr die Hand. «Im Moment ist alles aus dem Lot. Steele verliert die Nerven. Wenn du dort wärst, würde sich die Lage entspannen, das weiß ich.»

«Und du willst die Lage retten. Im letzten Moment erscheint der Held auf der Bildfläche, mit einer Hebamme im Schlepptau.»

«Es geht dabei nicht um mich, Cass.»

«Aber sicher doch. Das tut es doch immer.»

«Wirst du es dir wenigstens mal überlegen?»

«Ich brauche nicht zu überlegen. Ich tu's.»

«Wirklich?»

«Ja. Das ist mein Job.»

«Das ist wunderbar!» Sloan stand auf und kleidete sich an.

Ehe sie ihn fragen konnte, was er da machte, klingelte im Wohnzimmer das Telefon, und sie eilte hinüber. Im Moment war es ihr ganz recht, zu Sloan etwas auf Abstand zu gehen.

«Hallo, meine Hübsche.»

«Hallo, Tony.» Sie ließ sich in einen Sessel sinken. Wie unkompliziert Tony doch ist, dachte sie erleichtert. Ganz anders als Sloan.

«Ich habe eben von der schlechten Nachricht erfahren. Ich möchte dir sagen, dass es mir leidtut, aber gib nicht auf. Das war gerade mal der erste Versuch.»

«Ich weiß. Ich habe nicht die Absicht, kampflos aufzugeben.» Sie wickelte sich eine Haarsträhne um den Finger. Der gute, beständige, verlässliche Tony. Weshalb konnte sie ihn nicht lieben?

«Braves Mädchen. Kann ich etwas für dich tun?»

«Im Moment kann ich noch keinen klaren Gedanken fassen. Sobald ich mich beruhigt habe, melde ich mich.»

«Ich hab überlegt, rüberzukommen und dir den Rücken zu massieren.»

Sie lachte nervös auf. «Ich bin eigentlich schon im Bett. Können wir das vielleicht verschieben?»

«Sicher. Ich habe vor, zwei alte Freunde vom College anzurufen. Der eine ist Anwalt, der andere Politiker. Wenn uns jemand helfen kann, die Sache voranzutreiben, dann die beiden.»

«Tony, das brauchst du nicht zu tun. Das ist meine Sache.»

«Ich tu alles für dich, Cass. Das weißt du doch.»

«Ja, ich weiß. Und ich weiß deine Unterstützung wirklich zu schätzen.»

«Dann träum was Schönes. Ich ruf dich morgen an.»

«Ist gut.»

Erst als sie aufgelegt hatte, bemerkte sie, dass Sloan wie selbstverständlich am Türrahmen lehnte.

«Gegen wen kämpfst du eigentlich?»

Sloan konnte sich denken, wer der Anrufer gewesen war,

und die Gefühle, die das bei ihm auslöste, gefielen ihm nicht. Oder war es der Umstand, dass er überhaupt eine Reaktion zeigte? Dass Tony über alles Bescheid wusste und so vieles mit Cassidy teilte ... Er fühlte sich ausgeschlossen, und das behagte ihm nicht. Nur gut, dass er sie von diesem Tugendbold fortbrachte.

«Kennst du die Redensart, man kann nicht gegen Goliath kämpfen? Also, ich schon.»

Sie wollte sich an ihm vorbeizwängen, doch er verstellte ihr den Weg. «Erzähl mir davon.»

Kurz davor, ihn wegzustoßen, sah sie keine andere Möglichkeit, als seiner Aufforderung nachzukommen. «Ich möchte ein Zentrum für junge Mütter und deren Kinder gründen. Und ich will mich von einem Haufen verstockter Politiker, die Angst vor ihren Wählern haben, nicht davon abhalten lassen.»

«Wie weit ist das Projekt denn schon gediehen?»

Ihre Schultern sackten unter dem dünnen Seidenstoff des kurzen Kleides herab. «Ich bin müde. Es war ein langer Tag.»

«Aber irgendetwas ist heute passiert. Sag mir, was es war.»

«Du kannst nichts daran ändern.»

«Vielleicht doch.» Er zog sie an sich. «Lehn dich an mich. Lass dir die Last von den Schultern nehmen. Ob du's glaubst oder nicht, Cass, ich bin ein guter Zuhörer.»

Er spürte, wie sie sich entspannte und an ihn schmiegte. Vielleicht war es doch nicht so schwer, den verständnisvollen Mann zu geben. Bislang hatte er noch nie den Wunsch dazu gehabt.

Sie setzten sich, und Cassidy legte den Kopf auf seinen Schoß und erzählte ihm von ihren Plänen, dem Grundstück, das sie sich ausgeguckt hatte und das perfekt geeignet gewesen wäre, wenn da nicht der Haken mit dem Nutzungsplan gewesen wäre.

Hin und wieder machte er eine Bemerkung, doch die meiste Zeit über hörte er ihr einfach nur zu, gerührt von ihrem Engagement und ihrem Scharfblick.

Nach einer Weile aber wurde es ihm zu viel. Vielleicht war er ja nicht stark genug, um die Last mit ihr zu teilen. Vielleicht hatte er ja eine ganz falsche Vorstellung von sich selbst. Er wusste nur, dass er hier wegmusste, bevor es zu spät war.

Als sie spürte, dass er sich emotional von ihr entfernte, richtete sie sich auf.

«Wann willst du nach Black Creek fahren?»

«Wie wär's, wenn ich dich morgen früh abhole?»

Wollte er wirklich in diesem Moment gehen?

Natürlich wollte er. Von einer Minute auf die andere. So war Sloan eben. Auf dem Schiff hatte er klargemacht, dass er nicht bei ihr schlafen wollte. Weshalb sollte das jetzt anders sein?

«Wissen Steele und Montana, dass du hier bist?»

Sloan schüttelte den Kopf. «Ich wusste ja nicht, wie du dich entscheiden würdest, und wollte keine falschen Hoffnungen bei ihnen wecken.»

«Klug von dir», bemerkte sie trocken.

Als Sloan gegangen war, machte Cassidy sich eine Tasse Tee. Während der Tee zog, schaltete sie den Computer ein und sah ihre E-Mails durch.

Sie hatte Post von einem Angehörigen des Stadtrats bekommen, der ihr ein paar Vorschläge unterbreitete, wie sie ihr Projekt genehmigen lassen könnte. Die unerwartete Unterstützung hob ihre Stimmung.

Sie schaltete den Rechner aus und wollte gerade die Jalousie herunterlassen, als sie auf der Straße ein Auto bemerkte. Hier sollte niemand parken! Sie zog Stiefel und Jacke an und ging mit einer Taschenlampe nach draußen.

Der Himmel war wolkenlos und mit Hunderten Sternen gesprenkelt, die wie Juwelen funkelten. Im Schein des Neumonds näherte sie sich dem dunklen Pick-up und erwartete, darin verliebte Teenager anzutreffen. Als sie durchs Fahrerfenster leuchtete, regte sich eine Gestalt und richtete sich in dem Moment auf, als sie die Tür aufriss.

«Sloan Hardt, was in aller Welt machst du hier?»

«Ich dachte, ich versuche noch ein bisschen Schlaf zu bekommen.»

«Ich dachte, du wolltest zur Farm fahren?»

«Ich wollte nicht, dass Gramps und deine Mom sich Sorgen machen. Hab mir gedacht, es wäre besser, wenn sie glauben, ich wär bei dir.»

«Aber du hast den Eindruck erweckt, du wolltest nicht über Nacht bleiben», meinte sie verwirrt.

Er ergriff ihre Hände und verschränkte mit ihr die Finger. «Cass, es sollte nicht so aussehen, als würde ich glauben, dass ich einfach so bei dir hereinplatzen und mit dir schlafen könnte, wenn mir gerade danach ist. Du lebst dein eigenes Leben.»

Sie blickten einander in die Augen, so nah und doch so fern. Schließlich seufzte sie schwer.

«Komm besser mit rein. Sonst wundern sich noch die Nachbarn.»

Sie wandte sich ab und stapfte zurück zum Haus. Sie hatte fast schon die Veranda erreicht, als sie hörte, wie die Tür des Pick-ups zugeschlagen wurde. Sloan kam ihr nach.

«Ich wollte einfach nur rücksichtsvoll sein. Weshalb bist du wütend?»

«Halt den Mund, Sloan.» Im Haus angelangt, wühlte sie in einer Truhe und warf ihm Kissen und Decke zu. «Das Sofa kann man ausziehen. Bis morgen früh dann.» Sie marschierte ins Schlafzimmer und warf die Tür hinter sich zu.

Sloan wälzte sich auf die Seite und boxte gegen das Kissen. Das Sofa war kaum bequemer als der Wagen. Weshalb nur hatte er das Gefühl, sich grundfalsch verhalten zu haben?

Er hatte gar nicht die Absicht gehabt, mit ihr zu schlafen. Aber als er sie in der Badewanne gesehen hatte, so sexy und sinnlich ...

Beinahe schämte er sich, sich einzugestehen, wie froh er war, sie aus Tonys Reichweite fortzubringen. Eigentlich hätte er nicht so empfinden dürfen; es gab keinen Grund, Cassidy gegenüber so besitzergreifend zu sein.

Plötzlich sah er sie im Geiste im Bett liegen, mit zerzaustem Haar und ganz entspannt. Er wurde wieder erregt. Diesen Anblick hätte er jeden Morgen genießen können.

Nein, das machte ihm zu viel Angst. Er war für die Ehe nicht geschaffen. An Bord des Kreuzfahrtschiffs hatte er es deshalb vermieden, bei ihr zu schlafen, weil er genau gewusst hatte, wie schwer es ihm am nächsten Morgen fallen würde, sich von ihr zu trennen.

In Black Creek würde es einfacher sein; die Ranch war so groß, dass sie sich jederzeit aus dem Weg gehen konnten.

14

Wie sich herausstellte, war die verdammte Ranch nicht annähernd groß genug, wenngleich Cassidy ein willkommener Zuwachs war. Sie übte nicht nur auf den überfürsorglichen Steele eine beruhigende Wirkung aus; als die Spannung sich verflüchtigte, atmeten auch alle anderen auf der Ranch auf.

Sloan zog von Helens Flügel in die Schlafbaracke um, die immer noch zu nah war. Er gewöhnte sich an, bis spät abends an seinem Haus zu arbeiten und dort häufiger zu übernachten, denn dort befand er sich in sicherer Entfernung von der Ranch und Cassidy.

Weshalb es ihn umso mehr überraschte, als er sie in einem offenen Jeep über die unbefestigte Straße näher kommen sah, das rotgoldene Haar im Sonnenschein leuchtend.

Sie stieg aus und betrachtete eingehend das Haus, das er selbst entworfen hatte. Er meinte, ein zustimmendes Kopfnicken wahrzunehmen, dann stieg sie die provisorische Vordertreppe hoch und trat über einen Haufen Sägemehl hinweg.

Sie legte den Kopf schief und musterte ihn unverfroren. «Ein Kerl mit einem Werkzeuggürtel hat etwas unübersehbar Männliches.»

Sloans Atem zischte durch seine Zähne. Sie beäugte ihn, als wäre er unter dem Werkzeuggürtel nackt, und das machte ihn an. Unruhig trat er von einem Bein aufs andere, während sie sich interessiert umsah.

«Das ist also dein Traumhaus? Führst du mich herum?»

«Klar. Wie geht's der werdenden Mutter?»

«Hat das Ganze satt. Mit anderen Worten, alles ist ganz normal.» Cassidy lachte. «Ich habe mir gedacht, es würde ihr und Steele guttun, wenn sie mal eine Weile allein sind.» Sie hielt eine braune Papiertüte und eine Thermoskanne hoch. «Ich habe Kaffee und frische Zimtbrötchen mitgebracht.»

«Wenn du so weitermachst, muss ich noch den Werkzeuggürtel ablegen.»

«Ich hab mir Sorgen gemacht, du könntest in der Schlafbaracke darben. Deshalb möchte ich dich für heute Abend zum Essen einladen.»

«Aus welchem Anlass?»

«Steele und ich fahren morgen mit Montana in die Stadt und lassen sie untersuchen. Ich gehe davon aus, dass man die Wehen einleiten wird, deshalb wird es für eine Weile das letzte Familienessen sein.»

«Ist es dafür nicht noch zu früh?»

«Bis zum Geburtstermin ist es nicht mehr lange, und das Baby ist ordentlich groß. Sie hat Protein im Urin, die Plazenta beginnt sich aufzulösen, und das bedeutet, es wird Zeit, die Sache über die Bühne zu bringen.» Sie schlug die Augen nieder, dann hob sie wieder den Blick. «Du weißt, dass du nicht hättest ausziehen müssen.»

«Schon gut», sagte Sloan kurz angebunden. «Ich fühle mich in der Schlafbaracke ganz wohl.»

«Deshalb übernachtest du wohl auch meistens hier.»

«Spionierst du mir etwa nach, Cass?»

Sie erwiderte offen seinen Blick. «Und was wäre, wenn?»

Verunsichert blickte er an ihr vorbei und fuhr sich durchs Haar. «Ich bin ein eigensüchtiger Mistkerl: Ich kann nicht leugnen, dass es mir gefällt, dass du hier bist.»

«Woher willst du das wissen, wenn du dich von mir fernhältst?»

«Das ist besser so. Wir wissen beide, dass ich dir nicht das geben kann, was du dir wünschst.»

«Woher weißt du eigentlich, was ich will?»

Sloan räusperte sich. «Ich habe nächste Woche einen Termin für eine Vasektomie.»

«Dann bleiben mir ja noch ein paar Tage, meinen Kopf bei dir durchzusetzen.»

«Sag so was nicht, Cass.» Verdammt nochmal, er wollte sie in die Arme schließen und der Mann sein, der ihr die Kinder schenkte, die sie sich so sehr wünschte.

«Sloan, ich habe doch bloß Spaß gemacht.» Freilich war ihnen beiden nicht nach Lachen zumute. «Das ist deine Entscheidung. Du musst tun, was du für richtig hältst.»

«Den Lattenzaun und die Kinder, die du dir wünschst, kann ich dir nicht geben.»

«Das weiß ich.»

«Du hast etwas Besseres verdient als ein Stündchen hier und ein Stündchen da. Früher oder später würdest du mich deswegen hassen.»

«Das weiß ich auch.» Sie trat einen Schritt näher. «Trotzdem muss ich immer daran denken …»

«Woran?»

«An die Nacht in der Scheune. Wir hatten uns vor meinem Vater versteckt, erinnerst du dich? Und du hast mir versprochen, dass du immer für mich da sein würdest.»

Er nickte, ergriff ihre Hand und fuhr über die weiße Narbe an ihrem kleinen Finger. «Wir haben die Hand zum Schwur gehoben.»

Ihre Hand zitterte leicht. «Daran erinnerst du dich also auch noch.»

Er legte ihr die Hand auf die Wange. «Manche Dinge vergisst man nicht so leicht.»

Sie schmiegte das Gesicht an seine Hand. «Dafür sind sie einfach zu bedeutsam.»

Sloan trat einen Schritt zurück und nahm die Hand von ihrem Gesicht. Auf einmal fühlte sie sich kalt an, doch er achtete nicht darauf. «Tony ist der Richtige für dich. Er wird dir alles geben, was du brauchst.»

«Ich suche nicht nach einem Mann, der mein Leben in

Ordnung bringt, Sloan. Ich will einen, der mein Leben bereichert.»

Er wandte sich ab. «Komm mit. Ich zeig dir das Haus.» Bald darauf war ihr klar, dass es sich um eine Junggesellenbude handelte. Es gab kein familientaugliches Wohnzimmer, kein Kinderzimmer, keinen begehbaren Kleiderschrank mit Platz für jede Menge sexy Schuhe.

Er hatte alles nüchtern und sparsam geplant, mit einem offenen Erdgeschoss, das die Natur ins Haus ließ. Die gardinenlosen Fenster hatte er sich ein Vermögen kosten lassen. Er liebte die Aussicht, die Hügel, den Fluss. Die Bodendielen waren so stabil, dass sie derben Männerstiefeln standhalten würden. Dem hohlen Poltern einsamer Schritte.

«Von jedem Raum aus sieht man den weiten Himmel», sagte sie, während sie ihm durch ein Haus folgte, dessen Leere ihn auf einmal zu verspotten schien.

Sie war die erste Person, die begriff, was die Anlage des Hauses bedeutete. Cassidy verstand es, so tief in ihn hineinzublicken wie niemand sonst; wahrscheinlich war das der Grund, weshalb er vor ihr flüchtete.

Was bedeutete, dass er nicht eigensüchtig war, sondern feige.

«Hübsche Küche», bemerkte sie spöttisch. «Willst du etwa kochen lernen?»

«Hör auf, Cass.»

«Womit soll ich aufhören? Dich daran zu erinnern, dass du nicht vollkommen bist?»

«Vollkommen? Ich bin der unvollkommenste Mensch, den ich kenne.»

«Wenn du das wirklich glaubst, solltest du mehr aus dir machen.» Sie flirtete mit den Augen, mit einer Tiefe, die er nicht wahrhaben wollte.

«Ich glaube, du solltest mal auspacken.» Er knuffte sie spielerisch gegen den Arm. «Was ist mit den Zimtbrötchen, die du mitgebracht hast?»

«Vorher möchte ich noch das Schlafzimmer sehen.» Eine große Intimität schwang in ihren Worten mit, und etwas in ihm wollte weglaufen, flüchten.

«Hier entlang.»

Das Schlafzimmer war großzügig geschnitten, mit einer hohen schrägen Decke, wandhohen Fenstern und Glastüren, die auf den Balkon hinausgingen.

Das Bett hatte er aus Baumstämmen gezimmert, die er eigenhändig gesägt, entrindet, gebeizt und abgeschliffen hatte, um die Maserung des Holzes zu betonen. Ein großes Kopfbrett bildete den Abschluss.

Als sie mit der Hand liebevoll über das Holz fuhr, beinahe so, als würde sie ihn streicheln, spannte sich in seinem Unterleib etwas an.

«Du hast das alles selbst gemacht.»

«Das war eine ganz schöne Arbeit», meinte er. «Das Bett wiegt eine Tonne. Ich musste es in Einzelteile zerlegen und anschließend wieder zusammensetzen.»

«Das passt wunderbar hierher. Als du das Haus geplant hast, musst du schon an das Bett gedacht haben.»

«Offenbar bin ich so verrückt, ein Haus passend zum Bett zu planen.»

«Passend zu *dir*, meinst du wohl.»

Wann war sie ihm eigentlich so nahegekommen? Oder hatte er sich ihr angenähert? Doch darauf kam es nicht wirklich an.

Sein Blick wanderte von Cassidy zum Bett und wieder zurück. Weshalb begriff er erst jetzt, dass er das Bett für sie gebaut hatte? Er hatte sie im Traum gesehen, das rotblonde

Haar auf dem Kissen ausgebreitet. Bislang war er noch mit keiner Frau in diesem Bett gewesen, so als hätte er unbewusst gespürt, dass es falsch gewesen wäre.

Er räusperte sich umständlich. «Lass uns den Kaffee holen.»

Unter ihrem verständnisvollen Blick hatte er das Gefühl, aufzuplatzen wie eine überreife Wassermelone.

«Ist gut», sagte sie.

Sie aßen auf dem Balkon, wo Sloan einen Adirondack-Stuhl abwischte und darauf bestand, dass sie darauf Platz nahm.

«Auf Besuch bist du nicht so richtig eingestellt, hab ich recht?»

Er setzte einen Fuß auf die Armlehne des Stuhls, stützte den Arm auf das gebeugte Knie und blickte sich nachdenklich um. «Ich weiß nicht, ob ich das jemals sein werde. Mir gefällt die Vorstellung, eine sichere Zuflucht zu haben.»

«Seltsam, für einen Einzelgänger habe ich dich nie gehalten. In der Schule warst du immer da zu finden, wo was los war.»

«Ich habe bei der Arbeit den ganzen Tag mit Menschen zu tun. Da hab ich daheim gern meine Ruhe.»

«Ich nehme an, nachdem du James' Ranch geführt hast, war es eine ganz schöne Umstellung für dich, nach Black Creek zu kommen.»

Er trank einen Schluck Kaffee und kippte den Rest übers Geländer. «Ich wollte mich verändern.»

«Es ist sehr wichtig, einen Ort zu haben, der einem voll und ganz gehört. Ich weiß noch gut, wie ich mein Haus gekauft habe.»

Weshalb quälten ihn die Götter so? Weshalb gaben sie ihm die einzige Frau, die ihn je wirklich verstehen würde und die ihn tief im Innern berührte? War das die Strafe dafür, dass er es jahrelang zu wild getrieben hatte? Dass er die Frauen ausgenutzt hatte, ohne ihre Gefühle zu erwidern?

Cassidy war sich nicht sicher, was da vorging oder was aus Sloans großspurigem Selbstbewusstsein geworden war. Der Junge, dem es an nichts fehlte, war zu einem Mann gereift, der alles hatte, und den hatte sie an Bord kennengelernt. Der Mann, der lieber im Pick-up vor ihrem Haus nächtigte, als ihr Umstände zu bereiten; das war ein ganz anderer Mensch. Hatte sie diese Verwandlung bewirkt?

Hatte sie ihn in ihrem Bestreben, ihm eine Lektion zu erteilen, seiner selbstbewussten Fassade beraubt, oder überschätzte sie sich in der Beziehung? Vielleicht war das ja der wahre Sloan, fleißig, ernsthaft und einzelgängerisch, und weil sie die Phantasie der Realität vorzog, hatte sie ihn niemals so gesehen, wie er wirklich war.

Solange sie ihn als ‹Phantasie-Menschen› betrachtete, wusste sie, dass er nicht real war, und konnte ihn folglich auch nicht haben. Das machte den Verlust irgendwie erträglich. Denn in ihrem tiefsten Inneren wusste sie, dass sie beide in dieser Situation letztlich nur verlieren konnten.

Er stand ganz dicht bei ihr und machte den Eindruck, er könne ihre Gedanken lesen. Als wäre es die natürlichste Sache der Welt, stand sie auf, legte ihm die Arme um den Hals, rieb die Nase an seinem Kopf und sagte: «Bring mich ins Bett.»

Seine Hände glitten von ihren Schultern zu ihrer Hüfte, verweilten dort kurz und wanderten wieder zurück. Aus Angst, er könnte sie zurückweisen, schlang sie die Arme fester um ihn.

«Es war noch keine Frau in dem Bett.»

«Dann bin ich halt die erste», meinte sie leichthin. *Aber bestimmt nicht die letzte.*

Als sie sich auf die Matratze fallen ließ, hieß das Bett sie willkommen wie eine alte Freundin. Sloan beugte sich vor und zog ihr die Stiefel aus. Sie plumpsten mit einem angenehm satten Geräusch auf den Boden, gefolgt von seinen eigenen Stiefeln.

Er streckte sich neben ihr aus und spielte mit ihrem Haar. «Ich habe dich im Traum schon hundertmal in diesem Bett gesehen. Ich hab nur nicht gewusst, dass du es bist.»

«Ich glaube, das habe ich gespürt.» Sie nestelte an seinen Hemdknöpfen, suchte die warme, glatte Haut. Die andere Hand legte sie auf die Beule in seiner Jeans, die härter wurde, als sie am Reißverschluss herumfummelte.

Ich liebe dich, Sloan, dachte sie inbrünstig.

Er knöpfte ihr das Hemd auf, öffnete ihren BH und berührte ehrfürchtig ihre Brüste, betastete sie, spielte damit und reizte sie, was erregender war, als wenn er sie geknetet hätte.

Er leckte sie mit seiner heißen Zunge, dann pustete er darauf, was sich kühl anfühlte. Seine rauen, sonnengebräunten Hände auf ihrer weißen Haut machten sie scharf. Sie fuhr mit der Handfläche über seinen Kiefer, was Lustschauer an ihrem Arm hochwandern ließ.

Er nahm einen Nippel in den Mund und spielte mit ihm; sie spürte den Reiz bis in ihre Muschi. Auf einmal fühlte sie sich in der Jeans viel zu beengt. Sie drehte sich herum, streifte die Hose ab und schob sie mit dem Fuß vom Bett, dann wandte sie sich seiner Jeans zu.

Als sie den Reißverschluss öffnete, sprang sein erigierter Schwanz hervor. Sie berührte ihn und staunte über seine seidige Härte. Wie kam es nur, dass sich etwas so Hartes gleichzeitig so weich anfühlte? Außerdem wies er viele verschiedene Hauttöne auf, angefangen vom zartesten Rosa bis zu einem malvenfarben getönten Dunkelrot. Sie kniete davor nieder, sich der feuchten Wärme zwischen ihren Beinen deutlich bewusst. Als ein funkelnder Tropfen an der Schwanzspitze von seiner wachsenden Erregung kündete, leckte sie ihn ab und schwelgte in dem salzig-süßen Geschmack und noch mehr in seinem lustvollen Seufzen. Sie ließ die Zunge um die samtige Eichel kreisen und schloss dann ihre Lippen um seinen harten Schwanz.

Mit einem lauten Stöhnen forderte er sie zum Weitermachen auf.

Sie bewegte den Mund auf und ab und ließ die Zunge kreisen, dann saugte sie, leckte, saugte erneut.

Sie grub die nackten Zehen in seine Jeans und schob sie weiter nach unten, sodass er sie abstreifen konnte.

Dann neigte sie sich tiefer, umfasste seine Hoden und ließ die Zunge darübergleiten, während sie sic gleichzeitig behutsam drückte.

«Mein Gott, Cass. Warte noch!»

Er atmete scharf ein, und sie wusste, dass er gleich kommen würde. Widerwillig löste sie sich von ihm. Sosehr es sie reizte, ihn dazu zu bringen, die Kontrolle zu verlieren, harrten ihrer doch noch weit spannendere Unternehmungen.

Er glitt an ihr hinunter. Zu ungeduldig, um ihr den Stringtanga abzustreifen, schob er ihn beiseite und machte sich über ihre begierige Möse her.

Mit den Fingern teilte er die feuchten Lippen, die ihre Lustgrotte schützten, streifte spielerisch von der Spitze der Spalte bis nach hinten. Als sie verlangend aufseufzte, brummte er zufrieden.

Mit größter Präzision fand er ins Ziel und ließ die Zunge

an ihrer Lustgrotte vor- und zurückschnellen. Die feuchte Wärme seines Mundes brachte ihre Säfte zum Fließen. Lippe an Lippe schleckte und schlürfte er, bis er sich schließlich dem bebenden, pulsierenden Zentrum zuwandte und ihre Lustperle weiter anschwellen ließ, bis Cassidy sich zitternd aufbäumte und zum Höhepunkt kam.

Sie stopfte sich die Faust in den Mund und erstickte ihren Schrei, als sich ihr Orgasmus ankündigte. Während sie von den Lustwellen geschüttelt wurde, klammerte sie sich am Bett fest.

Sloan ließ ihr keine Zeit zum Erholen, sondern begann sofort mit der zweiten Runde.

15

Diesmal hielt er sich nicht lange mit leidenschaftlichem Gemurmel und ekstatischen Seufzern auf und versuchte gar nicht erst, ihre wilden Bewegungen zu dämpfen. Als Welle zwei und drei über sie hinwegbrandeten, war sie schon bereit für den nächsten Anlauf und schluchzte ihre Lust hinaus.

Sie wartete, bis die Lustschauer verebbt waren, dann wandte sie sich wieder Sloan zu und glitt hinunter zu seinem verlangenden Ständer.

Sie war gekommen; jetzt war es an ihr, ihn auf die Folter zu spannen. Sie schwenkte seinen Schwanz an ihren bebenden Lippen hin und her, ohne seine Eichel in den Mund zu nehmen. Er stöhnte frustriert, und sein Steifer zuckte in ihrer Hand, während sie so tat, als verfehlte sie ständig den Eingang.

«Cass!»

«Mhmm.» Sie legte die feuchte Hand um seine Eichel und drehte sie, schwelgte in ihrer Macht. Er streichelte ihr den Po, kitzelte sie an der Spalte, streifte über die Wölbung ihrer Hüften.

Ihre Scheidenmuskeln spannten sich erwartungsvoll an, als sie vorrutschte, um ihn versuchsweise in sich aufzunehmen.

Langsam senkte sie das Becken auf seinen pulsierenden Schwanz hinab. Ihre Muskeln waren angespannt, was den Kitzel für sie beide steigerte.

Mit einem aufreizenden Rhythmus, der ihnen beiden angenehm war, begannen sie den Liebestanz.

Ihre Möse schmiegte sich perfekt um seinen Steifen. Sie wurde vollständig ausgefüllt von ihm, war erfüllt von ihm, erfüllt von seliger Wonne.

Sie streichelte die Innenseite seines Schenkels, kitzelte den straffgespannten Beutel, dann beugte sie sich vor und probierte einen anderen Winkel aus, während er unablässig in sie hineinstieß.

«Dreh dich um», sagte er. «Ich möchte sehen, wie du kommst.»

«Wirklich?» Sie ruckte mit dem Becken vor.

Er packte sie und hielt sie eine Weile fest, während sie spürte, wie er in ihr zuckte und um Selbstbeherrschung rang.

«Okay. Jetzt», sagte er schließlich.

Sie löste sich von ihm, was eine beklagenswerte Leere in ihr zurückließ, dann drehte sie sich um, setzte sich rittlings auf ihn und ließ ihn langsam, Zentimeter um Zentimeter, in sich hineingleiten.

«Magst du das?»

Er musterte sie unverwandt. «Das ist wundervoll.»

Er steckte sich den Mittelfinger in den Mund und drückte ihn dann leicht auf ihren Kitzler. «Bereit, wenn du bereit bist.»

Sie schaukelte vor und zurück, während sich ein weiterer Orgasmus aufbaute. Diesmal überschwemmte er sie, und während Welle auf Welle intensivster Lust folgte, kam auch er, und gemeinsam wurden sie von einer gewaltigen Woge unkontrollierbarer Energie überrollt.

Die Rückkehr in den Alltag fiel ihr diesmal besonders schwer. Das Aufstehen. Das Ankleiden. Keiner erwähnte, dass dies möglicherweise ihr letztes Zusammentreffen gewesen war. Nach Montanas Niederkunft würde Cassidy nach West Bend zurückkehren. Sie warf einen letzten Blick auf das wundervolle Bett und fragte sich, ob Sloan es fortan bei Bedarf mit anderen Augen betrachten würde.

Er begleitete sie nach draußen zum Jeep. «Wann wird gegessen?»

«Nach sechs.»

«Also bis dann.» Er beugte sich vor und gab ihr einen flüchtigen Abschiedskuss. Der Geschmack seiner Lippen verweilte jedoch.

Es war ihre Schuld, dachte Cassidy, als sie zurück zur Ranch fuhr, die Augen voller Tränen.

Schlimmer noch, sie würde vor Montana nicht verbergen können, was soeben vorgefallen war. Zum Teufel mit Schwangeren und ihrer außergewöhnlichen Intuition.

Als sie ins Haus kam, entschuldigte Steele sich mit einem gemurmelten «Bin gleich wieder da» und stürmte hinaus. Montana konnte es offenbar gar nicht erwarten, sich von ihr ein wenig zerstreuen zu lassen.

«Ich hoffe, der Besuch bei Sloan ist ... zu deiner Zufriedenheit verlaufen?»

Cassidy war damit beschäftigt, die Manschette zur Messung des Blutdrucks an Montanas Oberarm zu befestigen.

«Red schon, Cass. Ich lebe aus zweiter Hand und bin auf Informationen angewiesen.»

Cassidy stellte sich taub, denn sie hatte das Stethoskop angelegt. «Nicht sprechen. Das treibt den Blutdruck hoch.»

Montana hielt wie geheißen den Mund, während Cassidy den Wert ablas. «Und?»

«Gleich geblieben», meinte Cass, nahm die Manschette ab und faltete sie sorgfältig zusammen.

«Du weißt genau, dass ich was anderes gemeint habe.»

«Er hat mich herumgeführt. Das ist eine richtige Junggesellenbude, was er sich da baut.»

Montana schnaubte belustigt. «So subtil wie ein Hammer, findest du nicht? Dem Haus würde ein bisschen weiblicher Einfluss guttun.»

«Ich glaube, der ist im Bauplan nicht vorgesehen.»

«Er ist Steele sehr ähnlich, weißt du – auch wenn er sein Leben lang so getan hat, als wäre dem nicht so.»

«Ich weiß.»

«Diese Hardts bedürfen einer weiblichen Hand. Angel ist mit mir da vollkommen einer Meinung.»

«Es wird dich bestimmt freuen zu hören, dass er heute zum Abendessen kommt.»

«Freut dich das etwa nicht?»

Cassidy eilte geschäftig hin und her, zog das Bettlaken straff und schüttelte die Kissen auf. «Mir ist es egal, ob er kommt oder nicht.»

Zum Glück wechselte Montana das Thema. «Weißt du, worauf ich mich schon freue, wenn das Baby da ist?»

Cassidy dachte an die vielen Klienten, die sie im Laufe

der Jahre betreut hatte. «Auf eine Tasse Kaffee oder ein Glas Wein?»

«Das wäre mir beides recht, aber vor allem sehne ich mich nach einem ausgiebigen heißen Bad.»

Ein Klopfen an der Tür unterbrach ihre Unterhaltung. «Das ist bestimmt die Masseurin», meinte Cassidy.

Sie half Montana, sich richtig hinzulegen, und stützte sie mit ein paar strategisch platzierten Kissen ab, dann entschuldigte sie sich und überließ das Feld Willow, der Masseurin des Spa, und ihren magischen Händen.

In ihrem Gästezimmer sah sie die E-Mails durch. In West Bend ging alles seinen gewohnten Gang; ihre Geschäftspartnerin hielt die Stellung. Ihre Rückkehr hatte keine Eile.

War sie etwa aus West Bend hinausgewachsen? Ihre Mutter fühlte sich bei James auf der Ranch richtig wohl. Tony würde entweder darauf warten, dass sie es sich anders überlegte, oder irgendwann aufgeben und einen Lehrerjob in einer anderen Stadt annehmen. Wollte sie wirklich zur alten Jungfer werden, die die Babys anderer Frauen zur Welt brachte?

Sie hätte ihre Gefühle für Sloan nicht neu entfachen dürfen. Andernfalls wäre sie vielleicht imstande gewesen, mit dem verlässlichen, langweiligen Tony in West Bend eine Familie zu gründen und sich einzureden, sie sei glücklich.

Wie sie so den Monitor anstarrte, traf eine neue Mail ein, diesmal mit einem Foto als Anhang. Sie öffnete erst die Nachricht und las:

Liebe Cassidy,
ich hoffe, die Nachricht erreicht Dich. Ich möchte Dich zu meiner Abschlussfeier am 10. Juni einladen. Ja, ich habe es tatsächlich geschafft! Wow! Du hattest ja so recht, mich

immer dann, wenn ich nicht mehr weiterwusste, zu ermutigen. Ich habe Dir ein Foto von Joshua mitgeschickt. Er ist schon drei, kannst du dir das vorstellen? Der wichtigste Mann im Leben seiner stolzen Mama. Ich weiß nicht, was passiert wäre, wenn ich Dich nicht kennengelernt hätte, doch ich bezweifle, dass ich jetzt mit einem hübschen Dreijährigen in den Armen in Universitätstracht herumstolzieren würde. Bitte komm. Es grüßt Dich ganz herzlich
Melody

Cassidy musste schlucken, als sie das Bild betrachtete. Melody war mal ein wahrer Wildfang gewesen, rebellisch, entschlossen und verwirrt. Cassidy hatte eine Pflegefamilie organisiert, die sich vor und nach der Geburt um sie und ihr Baby gekümmert hatte. Die beständige Umgebung hatte Melody geholfen, wieder auf die Beine zu kommen und die Schule abzuschließen. Es gab viele junge Frauen wie Melody, denen sie hätte helfen können, wenn sie nur die Möglichkeiten dazu gehabt hätte. Deshalb war sie darauf gekommen, ein Zentrum für junge Mütter zu gründen.

Der Name hatte sich wie von selbst ergeben. Das Playfair House wäre ein sicherer, wohnlicher Ort, wo die jungen Mütter sich gegenseitig helfen, auf ihre Kinder aufpassen, etwas fürs Leben und den richtigen Umgang mit ihren Kindern lernen könnten. Es gäbe dort auch die Möglichkeit, Säuglingssachen, Umstandskleider und Haushaltsgegenstände zu tauschen.

War das wirklich nur ein unrealistischer Traum?

Nein, das durfte nicht sein!

Als sie den Rechner ausschaltete, kam ihr eine Idee. Wünschte sie sich vielleicht vor allem deshalb Kinder, weil sie ihrem Vater beweisen wollte, dass er ihr unrecht getan hatte? Vielleicht war das ja eine Alternative. Es gab Hunderte junger Melodys, denen sie helfen konnte. Vielleicht war die herkömmliche Mutterschaft gar nicht ihre Bestimmung. Auf jeden Fall war es nicht ihre einzige Option.

Nach so vielen Mahlzeiten im Bett freute sich Montana auf ihre kleine ‹Dinnerparty›.

«Bin ich als Einzige so aufgeregt?», fragte sie Cassidy, die ihr dabei half, ihr Haar zu waschen und zu trocknen. «Als du hier ankamst, hast du gestrahlt, als hättest du unglaublich tollen Sex gehabt, und jetzt lässt du den Kopf hängen, als wäre dein Hund überfahren worden.»

«Das liegt an ein paar wichtigtuerischen Paragraphenreitern. Ich hätte nichts dagegen, wenn sie unter die Räder kämen», meinte Cassidy.

«Erzähl schon!»

Angesichts von Montanas lebhaftem Interesse konnte Cassidy nicht umhin, ihr von Melodys E-Mail und den Hindernissen bei der Verwirklichung ihrer Pläne für das Playfair House zu erzählen. Montana begeisterte sich auf Anhieb für die Idee und ermutigte Cassidy, ihren Traum zu verwirklichen. Dann erzählte sie ihr, welche Hindernisse sie selbst beim Bau des Spa hatte überwinden müssen.

«Wenn du dich am Ende zurücklehnen und sagen kannst: ‹Schau, was ich geschafft habe›, war es jede Mühe wert. Dann kommt es auch nicht mehr darauf an, ob jemand anders deine Leistung wahrnimmt oder würdigt. Du allein bist der Maßstab.»

«Das werd ich mir merken», sagte Cassidy, während sie Montana das Haar bürstete.

«Gibt es einen bestimmten Grund, weshalb das Zentrum in West Bend errichtet werden soll?», fragte Montana.

«Dort kenne ich mich aus und fühle mich sicher, und die Leute kennen mich. Weshalb fragst du?»

«Ich hab nur laut gedacht.»

Cassidy legte die Bürste weg, flocht Montana einen lockeren Zopf und band eine Samtschleife darum. «Ich glaube, ich könnte mich auch mit einem anderen Standort anfreunden, wo man weniger konservativ ist als in West Bend.»

Mit Kerzen und Fackeln hatte man den Innenhof in ein festliches Speisezimmer verwandelt.

Aus verborgenen Lautsprechern tönte gedämpfte Jazzmusik, und es duftete nach Jasmin und anderen Blumen.

Die Spa-Angestellten hatten keinen Aufwand gescheut und hauchdünne Gaze über Tische und Stühle gelegt. Die Tische waren mit buntem Geschirr und Servietten gedeckt.

Die Angestellten des Black Creek Spa mochten Montana. Der Küchenchef hatte extra auf seinen freien Tag verzichtet, um die Zubereitung der Speisen zu überwachen. Und obwohl es noch gar nicht richtig Sommer war, hatten sie gutes Wetter, und die untergehende goldene Sonne badete Black Creek in milder Abendluft.

Cassidy glaubte schon, sie wäre als Erste erschienen, als eine Gestalt ins Licht trat. Sloan! Als sie ihn erkannte, bekam sie Herzklopfen. Er war so nah, dass sie ihn hätte berühren können, und doch so unerreichbar fern.

«Du siehst gut aus», sagte er.

«Danke.» Sie hatte gedacht, dies sei ein guter Anlass, ihren luftigen weißen, volantbesetzten Rock zu tragen. «Du siehst müde aus», sagte sie.

«Ich habe nicht besonders gut geschlafen.» Ihre angestrengte Unterhaltung wurde durch Montanas und Steeles Erscheinen unterbrochen.

Montana trug ein schlichtes schwarzes Kleid, das weich von den Schulter bis zu den Füßen floss und ihre rundliche Gestalt betonte. Steele hielt sie beim Arm, als wäre sie das zerbrechlichste Wesen auf Erden. Obwohl sie hochschwanger war, bewegte sie sich mit einer Anmut, die sie ihrer Karriere als Tänzerin verdankte.

Sie blickte sich erfreut um. «Darauf freue ich mich schon den ganzen Tag. Ich bin es so leid, immer nur die Schlafzimmerwände anzustarren.»

Steele schenkte ihr Mineralwasser in ein Weinglas ein. Für die anderen gab es Sekt.

«Ich möchte einen Toast ausbringen», sagte er. «Auf die Familie und die Freunde, die immer füreinander da sind.»

«Hört, hört», sagte Montana. «Auf Sloan, der Cassidy dazu überredet hat, sich um mich zu kümmern, und auf Cassidy, die meinetwegen ihre anderen Klientinnen vernachlässigt.»

«Was ich keineswegs bedaure.» Cassidy nahm einen Schluck Sekt und spülte damit einen Anflug von Neid hinunter. Sie fragte sich, ob sie an Montanas Stelle wohl ebenso heiter und gelassen gewesen wäre; in der Umgebung verwurzelt und zufrieden mit dem Erreichten.

War sie dazu verurteilt, stets eine nagende Unzufriedenheit zu empfinden, weil sie meinte, alles, was sie tat und zustande brachte, sei nicht genug?

Die Speisen waren köstlich, doch ihr fiel auf, dass Montana kaum etwas anrührte, während die Hardt-Brüder über ihre Ranch sprachen.

Als sie gegessen hatten und das Geschirr abgeräumt war, bat Montana Steele, mit ihr zu tanzen, sodass Cassidy und Sloan sich auf einmal allein gegenübersaßen.

Cassidy hätte Sloan gern von Melodys E-Mail und ihrem

Frust wegen des Playfair House erzählt, aber weshalb hätte ihn das interessieren sollen?

Sloan räusperte sich. «Was Steele gesagt hat, war ernst gemeint. Wir sind alle froh, dass du hier bist.»

«Das weiß ich», sagte Cassidy. «Ich bin auch froh über meine Entscheidung.»

«Schau mal einer an! Kaum wenden wir Alten euch jungen Leuten den Rücken zu, da feiert ihr schon stürmische Partys», meldete sich ein Neuankömmling zu Wort.

Cassidy wandte sich um und erblickte ein sonnengebräuntes, lächelndes älteres Paar. Sloan erhob sich und schüttelte ihnen die Hand.

«Helen! Zeb!» Montana begrüßte ihre ehemalige Schwiegermutter und Helens neuen Ehemann mit einer herzlichen Umarmung. «Wann seid ihr zurückgekommen? Weshalb habt ihr nicht angerufen und Bescheid gesagt, dass ihr kommt?»

«Wir wollten euch überraschen. Ich bin froh, dass wir es geschafft haben, bevor der Nachwuchs das Licht der Welt erblickt.»

«Wenn meine Hebamme recht hat, wird der nicht mehr lange auf sich warten lassen.»

So wurde Cassidy in die Unterhaltung verwickelt, und man stellte sich gegenseitig vor. Jetzt fühlte sie sich wirklich fehl am Platz, denn sie wohnte schließlich in Helens Flügel.

Sie spürte die Zuneigung und Ungezwungenheit der anderen zueinander und trat einen Schritt zurück.

Weitere Stühle wurden geholt, weitere Trinksprüche ausgebracht, und als es dunkel wurde, stellte man eine Leinwand auf, während Zeb sich an einem Laptop zu schaffen machte. Kurz darauf konnten die Anwesenden die Fotos von seiner und Helens einjähriger Hochzeitsreise betrachten.

Die anscheinend niemals enden würde, denn auch jetzt noch saßen die beiden Alten dicht beieinander, wechselten liebevolle Blicke und berührten sich bei jeder Gelegenheit.

Montana hielt Steeles Hand und strahlte vor Glück. Wenn das nur ansteckend gewesen wäre!

Helen und Zeb plauderten angeregt und fielen sich auf ganz reizende Weise gegenseitig ins Wort, bis die Leinwand leer blieb. «Wir haben natürlich noch viel mehr Aufnahmen gemacht», sagte Helen. «Aber im Moment reicht das. Was haben wir hier verpasst? Was macht das Spa?»

«Wir haben tolle neue Produkte, die dir bestimmt gefallen werden. Besonders wohltuend nach einem Sonnenbad.» Montana fing Cassidys Blick auf. «Cass, das Spa ist noch offen. Würdest du bitte mal die After-Sun-Creme holen, damit Helen sie ausprobieren kann?»

Cassidy schob den Stuhl so eilig zurück, dass sie beinahe gestürzt wäre. «Ja, gern.» Sie war erleichtert, endlich einen Vorwand zu haben, sich aus dieser ‹Glückszone› zurückziehen zu können; es war schmerzhaft, etwas mit anzusehen, was man selbst niemals haben würde.

Sie ging die Creme aus dem Spa holen und ließ sich Zeit mit der Rückkehr. Je länger sie sich in Black Creek aufhielt, desto mehr wuchs ihr das Anwesen ans Herz. Es war ein unglaublich schöner Ort, inmitten von Hügeln gelegen und durchflossen von einem kleinen Fluss.

Sie liebte die Tageszeit, wenn allmählich die Nacht hereinbrach. Wenn das Licht verblasste, wurden andere Sinne geschärft. Ihre Haut wurde empfänglicher für die milde Luft, die erfüllt war von Wohlgeruch.

Eine Hängeschaukel nahe dem Haus lockte sie. Sie nahm Platz und versetzte sie mit dem Fuß in Bewegung.

Es war okay, allein zu sein. Ja, wirklich. Sie war immer allein gewesen. Abgesehen von der Zeit in ihrer Kindheit, als Sloan ihr Gesellschaft geleistet hatte.

Kaum hatten sich ihre Gedanken Sloan zugewandt, da tauchte er auf einmal leibhaftig auf, setzte sich neben sie und störte damit den Rhythmus der Schaukel, den Rhythmus ihres Lebens.

«Was hast du?», fragte er.

«Weshalb interessiert dich das?»

Er schnaubte spöttisch. «Ich bin's, erinnerst du dich? Ich habe dich beobachtet. Im Laufe des Abends hast du dich immer mehr in dich zurückgezogen.»

Sie gab sich nicht die Mühe, es zu leugnen. «Ihr seid eine Familie. Ich gehöre nicht hierher.»

«Cass –»

«Schon gut. Auch wenn die Dinge sich noch so sehr ändern, bleiben sie sich doch gleich.» Sie wollte sich erheben, er aber hielt sie zurück.

«Können wir darüber reden?»

«Es gibt nichts zu bereden.»

«Was ist hier eigentlich los? Im Moment sind alle so verdammt emotional.»

«Alle außer dir, Sloan. Wenn es nicht leicht und locker zugeht, weißt du nicht mehr weiter. Das ist die einzige Empfindung, die du zulässt.»

«Das ist unfair.»

«Ich muss nicht fair sein.»

Er zog sie an sich. «Ich bin im Moment ebenso durcheinander wie du, Cass. Ich habe das Gefühl, alles ist aus dem Lot geraten.»

Cassidy versteifte sich. *Tu das nicht. Halte stand. Er kennt dich. Er kennt all deine Schwächen.*

Er machte Anstalten, sie zu küssen. Sie wappnete sich,

ihm zu widerstehen. Und das, was wie ein Geschenk aussah, wo er doch nichts zu verschenken hatte, zurückzuweisen. In diesem Moment klingelte sein Handy.

«Hardt. Ja.» Er stand unvermittelt auf und zog sie auf die Beine. «Komm mit. Das war Steele. Es ist was mit Montana.»

16

Cassidy eilte zurück zu den anderen, und Sloan folgte ihr auf den Fersen.

«Glaubst du, ihre Wehen haben eingesetzt?», fragte er.

«Das weiß ich erst, wenn ich sie untersucht habe», erwiderte Cassidy.

«Für mich ist unsere Unterhaltung noch nicht beendet», sagte Sloan dickköpfig.

Für mich aber. «Sloan, du hast mich hergeholt, damit ich meine Arbeit tue. Also lass mich auch arbeiten.»

Montana saß steif auf dem Stuhl, als traute sie sich nicht, sich zu rühren. Als Cassidy kam, hellte sich ihre Miene auf. Alle anderen waren ungewöhnlich still.

«Rate mal, was passiert ist», sagte Montana mit gekünstelter Fröhlichkeit. «Ich würde sagen, die Fruchtblase ist geplatzt.»

«So schaut es jedenfalls aus. Lass uns ins Haus gehen», erwiderte Cassidy ganz sachlich.

Steele erhob sich ebenfalls. An diesem Punkt taten ihr die Männer immer leid, zumal wenn sie es gewohnt waren, den Ton anzugeben. Sie tätschelte ihm aufmunternd den Arm. «Wie wär's, wenn du erst mal hier warten würdest? Wir brauchen jetzt ein bisschen Zeit für uns.»

Steele setzte sich wie ein Roboter wieder hin, als stünde er unter Schock. Helen nahm die Unterhaltung zum Glück wieder auf, und während Cassidy Montana ins Haus geleitete, um sie zu untersuchen, ließ die allgemeine Anspannung allmählich nach.

«Jetzt ist es wohl so weit, oder?» Montana krampfte die Hand um Cassidys Arm, während Cassidy die gleiche Erregung verspürte wie jedes Mal. Sie war ganz in ihrem Element.

Um Kontrolle ging es dabei nicht, denn sie hatte keine Kontrolle über das, was geschehen würde. Sie war auf ihre Fertigkeiten und ihre Erfahrung angewiesen, um das Geschehen zu einem glücklichen Ende zu bringen.

«Jetzt kann man es nicht mehr aufhalten», pflichtete Cassidy ihr bei und half Montana, ein weites T-Shirt von Steele überzustreifen, das sie für die Geburt ausgewählt hatte.

«Ist alles in Ordnung mit ihr?» Steele hielt sich ängstlich im Hintergrund, der typische werdende Vater.

«Red nicht über meinen Kopf hinweg, als wäre ich gar nicht da», sagte Montana scharf.

Er atmete tief durch und trat ans Bett. «Was soll ich tun?»

«Komm her. Leiste mir einfach Gesellschaft.» Als Montana den Arm ausstreckte, setzte Steele sich neben ihr aufs Bett und ergriff zärtlich ihre Hand.

«Hast du Schmerzen?»

«Noch nicht. Sobald es wehtut, wirst du's schon merken.»

Steele blickte zu Cassidy auf. «Sollen wir nicht lieber ins Krankenhaus fahren? Für alle Fälle?»

«Red keinen Unsinn», meinte Montana. «Cassidy hat mehr Babys zur Welt gebracht als der Arzt. Außerdem, was können die da schon machen, außer mich mit Medikamenten vollzupumpen? Steele, sei ein Schatz und leg die Meditations-CD ein, wärst du so nett?»

Als Cassidy sich vergewissert hatte, dass Montana fürs Erste versorgt war, ging sie nach draußen, um die anderen zu beruhigen. Sloan aber wollte sich nicht beruhigen lassen.

«Ich will mit dir reden. Unter vier Augen!»

Die Art und Weise, wie Sloan sie anfunkelte, gefiel ihr nicht. «Ich bin beschäftigt.»

«Ich sehe selbst, dass du beschäftigt bist. Das hast du ja prima hingekriegt!»

Sie lachte. «Ich habe keinen Einfluss darauf, wann die Wehen einsetzen.»

«Du hast genau gewusst, dass es dazu kommen würde, wenn so viel Trubel herrscht.»

«Nein, das ist einfach so passiert.»

«Du solltest dir besser genau überlegen, was du tust. Wenn irgendwas schiefgeht ...»

«Willst du mir etwa drohen, Sloan Hardt? Willst du behaupten, ich wüsste nicht, was ich zu tun habe?»

«Herrgott, Cassidy. Tut mir leid.» Er fuhr sich durchs Haar. «Mit dieser Art Aufregung komme ich nicht gut klar.»

Tiefverwurzelter Groll erhob sein hässliches Haupt, doch sie unterdrückte die Aufwallung entschlossen. Sie musste einen klaren Kopf behalten. «Halte dich so lange von Montana fern, bis du dich wieder unter Kontrolle hast. In dieser Situation kann sie Stress am wenigsten gebrauchen.»

«Mich fernhalten ...? Heißt das, ich könnte dabei sein, wenn ich wollte?»

«Ja. Aber nur, wenn du es tatsächlich willst.»

«Meinst du wirklich? Ich hätte nie gedacht –»

«Was meinst du wohl, weshalb sie das Baby unbedingt zu Hause bekommen will? Doch vor allem deshalb, damit jeder, der möchte, dabei sein kann. Außerdem möchte sie möglichst wenig medizinische Eingriffe. Die Ärzte sind heutzutage rasch mit dem Skalpell bei der Hand.»

«Aber was ist, wenn etwas schiefgeht? Bis zum Krankenhaus ist es ein weiter Weg.»

«Sloan, ich kenne mich aus. Und jetzt verzieh dich und lass mich arbeiten.» Das Problem war, dass er nur ausgesprochen hatte, was auch ihr durch den Kopf gegangen war. Sie war sich durchaus bewusst gewesen, dass das abendliche Festmahl die Dinge in Bewegung bringen könnte, und hatte gehofft, dass es das Richtige wäre.

Sie atmete tief durch und rief sich in Erinnerung, dass sie wusste, was sie tat. Und sie war verdammt gut darin.

«Du machst das großartig, Montana. Das Baby ist schon fast da. Noch einmal pressen, und du hast es geschafft. Sobald du bereit dazu bist.»

Während sie presste, klammerte Montana sich mit aller Kraft an Steele fest. Für die Wartenden schien es eine Ewigkeit zu dauern, bis das gerötete, schrumpelige Gesicht zum Vorschein kam, das empört darüber schien, aus der schützenden Gebärmutter vertrieben zu werden.

«Noch einmal.» Cassidy atmete zischend aus, als die Schultern erschienen und das feuchte, warme Neugeborene in ihre wartenden Hände glitt.

«Ein Mädchen!», verkündete sie, als Ihre Hoheit zu schreien anfing.

Sie saugte den Schleim aus Mund und Nase ab und legte Montana das Baby auf den Bauch. Die Nabelschnur pulsierte noch, als wartete sie darauf, dass die Plazenta folgte. «Sie ist gesund und munter», sagte sie triumphierend zu der erschöpften Montana. «Sie hatte es viel leichter als du. Schau mal, wie rosig sie schon ist.»

Steele streifte Montana eine schweißnasse Haarsträhne aus der Stirn. Der Blick, den die beiden wechselten, war so intim, dass Cassidy unwillkürlich einen Anflug von Neid verspürte, bevor sie wegsah. Zum Glück lenkte die Nachgeburt sie ab.

Sie band die Nabelschnur ab und reichte Steele die Schere; diese Ehre wollte sie ihm überlassen. Als Steele die Nabelschnur durchtrennte, schaute Cassidy Sloan an. Er sah aus, als stünde er unter Schock, das war normal. Immerhin war Steele weder grün im Gesicht noch ohnmächtig geworden. Steele hatte die Geburt zunächst filmen wollen, doch als die Dinge in Gang kamen, hatte er die Kamera Sloan in die Hand gedrückt.

Die Geburt war schnell und unkompliziert verlaufen. Das Baby war klein, hübsch pummelig, hatte eine gesunde Hautfarbe und einen hohen Apgar-Score. Cassidy fühlte Sloans Blick auf sich ruhen, als sie sich von den jungen Eltern entfernte, um ihnen Gelegenheit zu geben, ihre neugebackene Familie zu verinnerlichen. Helen verstand den Wink. Sie wischte sich ein paar Tränen aus den Augenwinkeln und schob Zeb aus dem Zimmer.

Sloan blieb bei Cassidy stehen, die Augen staunend geweitet. «Ist es immer so?»

«Bei ihr war's relativ einfach», sagte Cassidy. «Bei ihr ist nicht mal der Damm eingerissen.»

«Ich meine die Empfindungen. Als hätte man ein Wunder erlebt.»

«Ja.» Cassidy lächelte. «So ist es fast immer.»

«Das habe ich nicht gewusst», sagte Sloan. «Jetzt verstehe ich, weshalb du unbedingt Kinder willst.»

«Das ist eine erstaunliche Erfahrung. Ich finde es toll, dass es die Eltern einander so nahebringt, wenn sie die Frucht ihrer Liebe sehen.»

«Ja!» Sloan atmete seufzend aus, als wäre das alles zu viel für ihn.

«Montana hat gemeint, nach der Geburt wolle sie als Erstes ein Glas Sekt trinken. Würdest du das übernehmen?»

Im Handumdrehen waren Baby und Mutter gewaschen. Als Sloan mit der Sektflasche und den Gläsern zurückkam, trug Montana bereits ein hübsches Nachthemd, und das Baby war gewickelt und schlummerte friedlich.

«Ich dachte schon, du hättest dich verlaufen. Oder musstest du die Trauben erst stampfen?»

«Ich habe mal kurz telefoniert.»

«Mit deinem Großvater?», fragte Cassidy.

«Nein. Ich habe meinem Arzt eine Nachricht auf Band gesprochen. Ich habe den Termin für die Sterilisierung abgesagt.»

Cassidy stutzte, fasste sich aber gleich wieder. «Eine solche Entscheidung sollte man nicht im Eifer des Gefechts treffen, Sloan.»

Jetzt, da Helen und Zeb zurückgekehrt waren, wollte Cassidy ihre Wohnung räumen. Mit Helens Widerstand hatte sie indes nicht gerechnet. «Wir werden in Zebs Bungalow wohnen, meine Liebe. Du kannst die Wohnung so lange nutzen, wie du willst.»

«Aber das ist dein Heim, Helen. Für immer und ewig.»

Die ältere Frau lächelte. «Ewig, das ist eine lange Zeit. Mein Sohn hat den Flügel in einem anderen Leben gebaut, das ich längst hinter mit gelassen habe. Mein Platz ist jetzt bei meinem Mann, außerdem ist es bei ihm viel komfortabler als hier auf der Ranch.»

Cassidy ließ sich aufs Bett fallen. «Wie machst du das nur, Helen? Woher weißt du, wann es Zeit ist, weiterzuziehen und etwas Neues zu beginnen?»

«Natürlich ist es leichter, wenn einem ein Partner zur Seite steht.» Sie legte den Kopf schief. «Soll ich mal raten? Vielleicht bist du ja inzwischen über West Bend hinausgewachsen.»

«Es sieht zumindest so aus, als könnte ich meine Vorstellungen dort nicht verwirklichen.»

«Dann schlage ich vor, du suchst dir einen Ort, wo das geht.»

«Aber woher soll ich wissen, dass es der richtige Ort und der richtige Zeitpunkt ist?»

«Du musst lernen, zu agieren und nicht immer nur zu reagieren. Und du musst deinem Instinkt vertrauen.»

Cassidy runzelte die Stirn. «Das verstehe ich nicht.»

«Es ist viel einfacher, nur auf andere zu reagieren. Selbständig zu handeln und Verantwortung zu übernehmen ist wesentlich schwerer. Aber man wird dafür reich belohnt. Und zwar von innen her.»

Ein paar Tage später begann Cassidy zu packen, wurde aber dabei von Sloan gestört, der verdutzt ihren Koffer musterte.

«Ich dachte, du würdest noch eine Weile hierbleiben.»

Eine seltsame Bemerkung, denn er hatte sich seit der Geburt nicht mehr blicken lassen. Und das ohne ein Wort der Erklärung. «Meine Arbeit hier ist beendet. Es wird Zeit, mich wieder meinem Leben zuzuwenden.»

«Und auch Tony?»

«Das geht dich nichts an.»

«Geh nicht!», platzte Sloan heraus. Er ergriff ihre Hand. «Du kennst mich so gut. Besser als jeder andere Mensch. Ich dachte, du hättest verstanden, was es bedeutet, dass ich die Sterilisierung abgesagt habe.»

«Ich habe verstanden, dass du in dem Moment gerührt warst. So geht es jedem.»

«Dann lass auch du dich berühren. Bleib noch eine Weile in Black Creek. Gib mir Gelegenheit, mich zu beweisen. Richtig um dich zu werben, so wie du es verdient hast.»

Cassidy seufzte. Was hätte sie bis vor kurzem nicht darum gegeben, diese Worte zu hören.

«Sloan, dir ist immer alles in den Schoß gefallen. Aber ich bin nicht so.»

Er schwieg einen Moment. «Wenn du unbedingt gehen willst, werde ich dich nicht aufhalten. Ich fliege dich sogar zurück, wenn du magst. Aber vorher möchte ich dir etwas zeigen.»

«Sloan, nichts, was du sagen oder tun könntest, kann mich –»

«Cassidy, ich kenne dich. Ich weiß, du bist fair. Wenn du mir diesen Wunsch nicht erfüllst, wirst du dir das niemals verzeihen.»

Verdammt, er kannte sie wirklich gut.

«Also gut, dann sollst du deinen Willen haben. Aber nur deshalb, weil ich viel schneller zu Hause bin, wenn du mich fliegst.»

Er geleitete sie nach draußen und ließ sie in seinen Pick-up einsteigen. «Kennst du die Geschichte von der Einfahrt der Ranch?»

«Ich glaube nicht.»

«Steele wollte bei Montana punkten. Als sie einen Tag lang fort war, schaffte er Baugerät heran und gestaltete die Einfahrt völlig neu. Davor gab es zwei verschiedene Einfahrten; eine fürs Spa, eine für die Ranch. Als er fertig war, gab es nur noch eine.»

«Auf ihrer eigenen Ranch! War sie nicht außer sich? Ich an ihrer Stelle wäre fuchsteufelswild geworden.»

«Nein, sie hat verstanden, was er ihr damit klarmachen wollte.»

«Und was willst *du* mir klarmachen?» Sie hatten bereits einen Teil der Einfahrt hinter sich gelassen, und Sloan schaltete den Vierradantrieb ein. Sie holperten über eine Art Viehpfad und gelangten zu einer flachen Stelle, die von dem kleinen Fluss durchschnitten wurde.

Er hielt an, stellte den Motor ab und wandte sich Cassidy zu. «Ich war in West Bend und habe mir das Haus angesehen, das du kaufen willst.»

«Das war Zeitverschwendung. Der Stadtrat weigert sich, den Nutzungsplan zu ändern.»

«Ich weiß. Ich habe das Haus trotzdem gekauft. Es ist wunderschön, und ich kann gut verstehen, weshalb es dir so gut gefällt.»

«Was um Himmels willen hast du dir dabei gedacht?»

«Vielleicht war es ja ein Anfall von geistiger Umnachtung.» Das unbekümmerte Grinsen war wieder da, und auf einmal wurde ihr bewusst, wie sehr sie es in letzter Zeit vermisst hatte. Wie sehr sie ihn vermisst hatte.

«Und was noch verrückter ist: Ich habe veranlasst, dass es hierhergeschafft wird», fuhr er fort.

«Hierher? Wohin genau?»

«Dorthin.» Er entrollte einen Plan und breitete ihn auf dem mittleren Sitz aus. «Ich finde, wir sollten es hier aufstellen, sodass die Veranda nach Osten weist, dann bekommt sie die Morgensonne ab. Wir zäunen den Fluss ein, damit die Kinder nicht reinfallen können, und bauen diesen Teil des Hofes zu einem Spielplatz um. Und die Mütter und Kinder, die möchten, können reiten lernen.»

Auf einmal drehte sich alles um Cassidy. Sie bekam keine Luft mehr. War sie wieder bei der Fantasy Cruise Line gelandet und würde jeden Moment aufwachen?

«Agieren», hatte Helen ihr geraten, «nicht immer nur reagieren», doch sie hatte ihr Leben lang reagiert, und alte Gewohnheiten waren zäh.

«Was soll eigentlich dieses ‹Wir›?»

«Du hast einen Traum, Cassidy. Ich möchte dir helfen, ihn zu verwirklichen.»

«Das Playfair House ist nur ein kleiner Teil davon. Was ist mit dem Rest meiner Träume?»

«Mein Haus ist noch nicht fertig. Wir bauen einen weiteren Flügel an oder setzen noch ein Stockwerk drauf. Eines mit Kinderzimmer und was wir sonst noch brauchen werden.»

«Und wie steht es mit deinen Träumen?»

«Schatz, wenn ich dich dazu bewegen kann, dass du bleibst und mir eine unverdiente Chance gibst, werden wir aus Black Creek die größte und erfolgreichste Ferienranch des ganzen Bundesstaates machen. Zumal wenn du mir zur Seite stehst.»

«Gehört das Land nicht Montana?»

«Nein, das habe ich ihr abgekauft. Das ist bereits alles in trockenen Tüchern. Damit war ich die letzten Tage über beschäftigt.»

«Das klingt so, als wärst du dir deiner Sache ziemlich sicher gewesen.»

«Keinen Moment lang. Aber ich habe an die Scheune gedacht, als wir die Hand zum Schwur gehoben und uns ewige Freundschaft gelobt haben.»

«Wenn du damit sagen willst, es gehe nur um Freundschaft, dann schreie ich», meinte sie warnend.

«Cassidy, ich bin ziemlich schwer von Begriff, aber am Ende habe ich begriffen, dass zwischen uns viel mehr als Freundschaft ist. Ich liebe dich.»

Cassidy riss die Tür auf, sprang vom Sitz und ging zum Fluss. In ihrer Vorstellung sah sie alles vor sich, was Sloan ausgemalt hatte: das Haus, den Spielplatz. Die Kinder, die mit ihren eigenen Kindern spielten.

Sie hörte das Geräusch von Schritten und wandte sich um. Als Sloan sie in die Arme schloss, wurde Cassidy bewusst, dass sie zitterte und vollkommen verunsichert war. Aber Sloan hatte alles in seiner Macht Stehende getan, um ihren Traum Wirklichkeit werden zu lassen, das musste sie ihm zugestehen.

«Das ist nicht das Gleiche wie eine umgebaute Einfahrt, Sloan. Ich muss arbeiten und werde viel unterwegs sein.»

«Das weiß ich. Das ist kein Problem.»

«Wahrscheinlich müsste ich den Pilotenschein machen. Und ich bräuchte ein kleines Flugzeug.»

«Was immer du brauchst. Wenn es nur okay für dich ist, dass ich *dich* brauche.»

«Du hast dich so hartnäckig geweigert, Kinder zu bekommen. Dieser Sinneswandel kommt ziemlich plötzlich.»

«Meine Mutter hat mir prophezeit, dass es so kommen würde, wenn ich erst einmal die Richtige gefunden habe. In der Nacht, als Saphera zur Welt kam, wurde mir bewusst, dass ich mit dir eine Familie gründen will – dass ich sehen will, wie unsere Kinder mit ihr spielen.»

«Ach, Sloan.» Sie blinzelte die Tränen der Rührung weg und schmiegte sich an ihn. «Ich werde ein zweites Playfair House in der Stadt haben wollen, das für alle leicht erreichbar ist», sagte sie. «Das hier sollte ein Rückzugsort sein für Erholungsbedürftige, die in ihrem Alltagsleben überfordert sind.»

«Was immer du willst, Cassidy. Wir lassen es gemeinsam Wirklichkeit werden. Hauptsache, du bist an meiner Seite.»

«Das verspreche ich dir. Und ich liebe dich auch, Sloan.»

Sein zärtlicher Kuss rührte ihr das Herz und erfüllte sie mit all der Liebe, die sie sich je erträumt hatte.